TRE CANI ENORMI (E QUALCHE UMANO)

MARKUS ZUSAK

TRE CANI ENORMI (E QUALCHE UMANO)

Traduzione di
Chiara Brovelli

PIEMME

Pubblicato per

PIEMME

da Mondadori Libri S.p.A.

ISBN 978-88-566-9853-4

I Edizione gennaio 2025

Anno 2025-2026-2027 – Edizione 1 2 3 4 5 6 7 8 9 10

Per Halina Drwecka
e al caro Jacek,
che non è più con noi:
ci manchi

Prologo

Selvaggi dentro

Non esiste nulla di paragonabile a una scazzottata con il tuo cane in una strada di città piena di gente.

L'incrocio è grande.

L'imminente giudizio delle persone intorno a te ha la potenza di una scossa elettrica.

Per certi versi lo trovo uno scenario quasi rassicurante, mentre raduno i pensieri e mi faccio coraggio. Ho già vissuto momenti simili con un cane, in passato (se ve li raccontassi, non ci credereste), e so fiutare quando qualcosa del genere sta per accadere.

Vi descrivo brevemente il quartiere: è incredibilmente, orribilmente ricco, ma la sporcizia è ovunque. Siamo nella periferia orientale di Sydney, e le strade hanno qualcosa come nove corsie. È uno dei punti più trafficati, quello in cui Ocean Street incrocia Syd Einfeld Drive, proseguimento sopraelevato di Oxford Street; sulla sinistra si imbocca la Wallis, a destra c'è uno degli ingressi di Centennial Park, Woollahra Gates. Corsie di svolta, attraversamenti, pedoni. Ciclisti, gente di tutti i tipi e con cani di ogni razza. Quasi sempre dei Cavalier king, o dei Barboncini. O dei *Cavoodle*, il loro incrocio.

Il cane con cui sto per fare a botte è Frosty.

E *non* è un Cavoodle.

È un grosso e vivace randagio dal pelo bianco e ispido, probabilmente un incrocio con un cane lupo, con il naso nero, la pelle e il muso rosa, un po' di macchie sulle orecchie e un sorriso rancorosamente felice. Ha due grosse chiazze marroni sul posteriore, un po' come un babbuino, o forse ancor di più simili a quella sagoma che Prince, per qualche oscura ragione, si ritagliava sul didietro di alcuni outfit. (Quando la gente nota quelle due chiazze si mette a ridere o passa direttamente a suggerire dove si sia seduto e come se le sia fatte. Noi tiriamo dritto.)

Abbiamo formulato parecchie ipotesi sul perché del suo nome, Frosty, quando lo abbiamo preso alla casa famiglia.

Approfondiamo qualche aspetto di quest'ultima frase.

Primo: mia moglie voleva dargli un nome nuovo, Ziggy. Ziggy Frost, per la precisione. I bambini la facevano più semplice. Sul sito web della Sydney Dogs and Cats Home era presentato come Frosty, e loro erano pronti a lottare perché potesse rimanere tale.

Secondo: non sono mai riuscito a parlare di adozione nel caso dei miei cani, né mi considero in alcun modo il salvatore degli animali che abbiamo preso nei vari centri nel corso degli anni. Mi viene in mente un racconto di David Sedaris, che prende in giro i boriosi proprietari di cani che non fanno che vantarsi di aver salvato i propri amici a quattro zampe. Mi sono imbattuto in quella storia quando già da anni avevamo accolto i nostri tre randagi, tutti selvaggi, enormi, dal temperamento che li renderebbe amabili solo a una madre – Frosty è il terzo, gli altri due hanno lasciato questo mondo da parecchio, ormai – e posso dire che senz'altro ha colpito nel segno. Non siamo persone speciali solo perché abbiamo deciso di portarci a casa dei cani 100% non-pedigree. Siamo degli idioti. Okay, siamo degli idioti che hanno scelto di fare la cosa giusta. Uno Staffordshire meticcio o un povero Kelpie australiano incrociato con chissà che altro se ne stanno lì a languire nella loro cella, in attesa dell'iniezione letale (come la chiama mia madre) o di qualche buon samaritano dilettante che arrivi esclamando: «Eccolo, Agnes! *È lui!*» del tutto ignaro del caos che seguirà. Oppure, ed è peggio, quel caos lo conosce benissimo, ma ciononostante non riesce a resistere.

Quindi, a casa nostra chiamiamo le cose con il loro nome.

I nostri cani li abbiamo presi al canile: non li abbiamo adottati, né salvati.

Di recente, però, io mi sono spinto addirittura oltre.

Il canile da cui li abbiamo presi è diventato una «casa famiglia».

«Merda» mi ritrovo spesso a urlare. «Maledetto Frosty! Se prova a rifarlo una sola volta, lo rispedisco alla casa famiglia!»

Mia moglie, Mika, in genere interviene: «Che cos'ha fatto, *adesso*?»

«Oh, le solite cose, non posso nemmeno infilarmi le scarpe. Continua a prendermi a testate.»

«E ti salta addosso?»

«Esatto.»

«E ti graffia?»

«Sì!»

«Oh mio Dio, che rottura di scatole!»

«*Infatti!*»

Quello che è sorprendente è l'espressione che abbiamo mentre pronunciamo queste frasi. Abbiamo un sorriso stampato sulla faccia, ridiamo come matti sulle scale dell'ingresso. In fondo, Frosty vuole sempre e solo – disperatamente – andare a fare una passeggiata. Quando è arrivato, ci è stato subito evidente che non era molto abituato a uscire. Per i primi mesi, è stato come portare a spasso un temporale. O un disturbo da deficit di attenzione in carne e ossa e a quattro zampe. Ma di questo parleremo più avanti.

Sento però di dover approfondire ancora qualche punto, per mettere le cose in chiaro sin dall'inizio (come quando andate a un evento pubblico e vi danno alcune regole fondamentali, tipo mettere il telefono in modalità silenzioso, eccetera).

Abbiamo altre regole, qui. È giusto che sappiate cosa vi attende; o meglio, è giusto mettervi in guardia. Il problema è la terminologia, in sostanza; o forse è la maleducazione, la scontrosità, la litigiosità pura e semplice. Voglio dire, in genere vengo considerato un tipo gentile. Sono amichevole, sono una brava persona. È opinione comune che sia tollerante, generoso per natura. Ma quando cominci a scrivere della tua vita, anziché inventare una storia (che è il modo con cui di solito mi guadagno da vivere), hai davanti due strade. Puoi descrivere te stesso proiettando quello che gli altri pensano di te, e dipingerti come una persona cortese, vincente, corretta. Oppure puoi far vedere come sei *veramente*. Impaziente, irritabile, sboccato, a volte crudele. In lotta costante per diventare la migliore versione di te, senza mai arrivarci nemmeno vicino... soprattutto quando vieni calpestato da un grosso cane bianco nell'ingresso di casa tua.

Un esempio?

La *casa famiglia*.

È irrispettoso chiamare casa famiglia il canile o ricovero per animali abbandonati? È indelicato, o magari addirittura spietato, nei confronti di persone che hanno vissuto in vere case famiglia o case rifugio, o che ci vivono ancora adesso, mentre io parlo e voi leggete? Sono forse un insensibile? È possibile che non me ne importi niente? Lascio a voi il giudizio.

Ma invece ci tengo a dirvi che non sono sempre stato il cittadino modello che la gente pensa che sia, o che dovrei essere, soprattutto per quel che riguarda i miei cani. Ho fatto cose imperdonabili.

Degli omicidi, per esempio, sono stati insabbiati. (Posso spiegare, giuro.) Per non parlare delle scazzottate per strada, al parco, pestaggi sporadici e atti di vandalismo, questi ultimi perlopiù a casa. Ci sono state anche un sacco di bestemmie e di parolacce. Ci sono stati insulti e umiliazioni, tante stronzate sono state dette, ci sono stati scoppi d'ira, c'è chi ha messo il broncio (e lo ha tenuto). Cose del genere. Una volta è intervenuta la polizia perché un vicino credeva che Mika avesse trascinato un cadavere attraverso il giardino sul retro, da sola, alle due del mattino. Abbiamo avuto cani a cui hanno dovuto fare la lavanda gastrica. A mia volta mi sono ritrovato lungo e disteso sul prato, privo di sensi. Mi è capitato di placcare un cane maledettamente alto, una sorta di *supermodello* canino, nel cuore della notte, di insultarlo in ogni modo possibile. Ho mentito, ho ingannato, ho dato botte, ho abbaiato.

Ma... e questa potrebbe essere l'unica qualità in grado di salvarmi...

Non so neanch'io bene perché...

Ho amato.

Benvenuti nella mia vita da cani.

E a questo punto torniamo a Frosty, o the Frost, o semplicemente Frost.

(A casa nostra abbiamo l'abitudine di abbreviare tutto

e di dare soprannomi, e Frosty non fa eccezione. Ha già una schiera considerevole di nomi alternativi, da Buddy, Bud, Testa di Cazzo, Baby, Ciuffolotto, Guanciotte, Testa a Scatola, Biascicone, Bianchino, Fiocco di neve, Palle di Ghiaccio, Uomo di Ghiaccio, Frostel, Frozzle, Frozzy... e da subito si è guadagnato anche una serie di nomignoli da Europa dell'Est – naturali in famiglie con il mio background – tipo Frostusczko, Frostusch, Frostolusch, Frosthund e così via...)

In ogni caso, quale che sia la combinazione di nomi, a seconda del giorno, Frosty è l'ultimo pezzo del puzzle: il grilletto che ha dato il via a queste pagine.

Per mettere in prospettiva quanto ho appena detto, da quasi un decennio mi sento ripetere che dovrei scrivere dei miei cani. Da persona che normalmente si fonde con l'ambiente, quando si trova in pubblico, o che comunque non viene notata, tante volte sono stato riconosciuto grazie a loro, ai miei cani. Quegli ammassi di pelo ansimanti che hanno avuto una parte tanto importante nella mia vita.

Ho sempre avuto un problema, però: quando si trattava di scrivere di loro, mancava sempre qualcosa. Pare che ci siano tanti libri dentro di noi, la maggior parte dei quali però restano incompleti; non sono mai veramente pronti. Rimangono lì, montagne dormienti, non raccontate. Vulcani senza una cima, pieni di fuoco e scintille all'interno, ma senza quella spinta capace di innescare l'eruzione. Nel mio caso, solo ora ho capito come raccontare la storia della mia vita con questi animali. Avevo bisogno del terzo cane. Di un canale che mi riportasse al passato.

Per questo libro, ringrazio Frost.

I suoi predecessori sono stati Reuben e Archer.

Gangster, cecchini. Soldati.

Vivevano e spaventavano insieme.

Essenzialmente un'associazione mafiosa formata da due cani.

I loro modi intimidatori divennero leggendari, ma erano anche mappe in grado di condurre a due cuori d'oro. Reuben era un ignorante senza Dio, capace però di amare, e moltissimo. Archer era un tipo elegante, e sapeva essere un perfetto gentiluomo. Nella circostanza adatta.

Prima se ne andò Reuben, che cadde da guerriero indurito dalla vita, dopo un'incredibile esistenza alla Johnny Cash. Poi, dopo poco, toccò ad Archer, quasi fosse stato inghiottito dalla marea e trascinato in mare aperto.

Un cane che muore è prezioso.

Scordatevi diamanti, perle e qualsiasi tesoro terreno. Per quanto mi riguarda, scelgo il pelo, la puzza, quegli occhi che ti guardano supplichevoli, il tuo cane caldo e triste fra le braccia. Non ti rendi conto dell'amore che provi per il tuo compagno peloso, credo, finché non chiami il veterinario perché gli faccia *quella* puntura, o finché non ricevi i risultati degli esami del sangue... e a quel punto ti ritrovi a piangere sotto la doccia.

La prima volta dopo la perdita di Reuben, e poi anche dopo quella di Archer, ho tentato di scrivere della loro vita. Ma non riuscivo mai ad andare oltre le due pagine. Di solito, capisco se sono o meno in grado di scrivere un libro già alla fine della prima frase. Ma puoi impiegare un'eternità a trovarla.

Era una cosa abbastanza normale.

Mi rendevo conto che non era il momento.

Nessuna idea per un libro è sufficiente a farlo funzionare, all'inizio. Spesso, quando lavoro a un progetto, lo descrivo come un mondo che esiste accanto a me. So che sta procedendo tutto bene quando ho la sensazione di poter rotolare giù dal letto, la mattina, e di ritrovarmi esattamente *lì*, dentro al libro. Ma una cosa del genere è un po' come il rispetto: la più ardua da ottenere, la più facile da perdere.

Detto ciò, volevo che le storie dei miei cani fossero semplici. Appartenevano a un passato recente, erano ferite ancora aperte. E, nella loro realtà, erano più strampalate e cattive di altre inventate. Quindi, cosa mi impediva di metterle su carta?

C'erano così tanti spunti da cui partire che avrei potuto dare il via a un migliaio di racconti... Racconti di mattinate folli e senza regole, e di pomeriggi di giorni da cani. Erano entrati e usciti dalla mia vita, tra il 2009 e il 2021, ma per qualche motivo mi sentivo come un'auto che non riesce a trovare aderenza. Forse c'era troppo da dire. Troppe distruzioni di massa. Troppe tragedie bizzarre. E, naturalmente, troppa comicità pura, genuina e non adulterata. In fondo, perché prendiamo un cane se non per toccare con mano il caos? Per invitare l'anarchia a bussare alla porta? Tutti sembriamo ansiosi di avere il controllo della nostra vita, ma poi lasciamo che si dipani con un abbandono avventato. Abbiamo dei figli, prendiamo degli animali. Acconsentiamo a lavorare più di quanto dovremmo. Diventiamo coach di una squadra di football che non sa stare alle regole.

Quasi tutte queste cose mi riguardano. Ma a farmi deviare dall'ordinario sono stati loro: Reuben e Archer.

Una vita con due cani senza regole.

A posteriori, mi viene solo da sorridere, perché quei due in qualche modo hanno fatto di me ciò che sono, o perlomeno mi hanno riplasmato, cambiandomi in modo significativo. Credo fossero lo specchio dei miei tormenti nascosti, di quella natura selvaggia che avevo dentro. In un certo senso, hanno tracciato una mappa del tempo, e spesso mi ritrovo a dire, soprattutto alle persone che hanno un cane e non hanno figli: «Se ci pensate, non è poi così male legare i propri ricordi alle proprie relazioni canine». (Di solito capisco in che anno è successo qualcosa semplicemente guardando il cane nella foto.)

A essere sincero, avere a che fare con Reuben e Archer era essenzialmente una questione di tempismo; di fatto io cercavo più che altro di sopravvivere più di loro. Tornando alla loro descrizione (che forse dovrebbe comprendere qualche foto segnaletica, da criminale schedato), Reuben era grosso, cattivo e striato, in pratica un lupo sulla porta di casa armato di sega. Un principe oscuro in esilio, o forse in purgatorio. Archie era un giovane e affascinante assassino, un bel biondo dagli occhi di un miele dorato, con le zampe che potevano discendere solo da qualche stirpe reale, o quantomeno da qualcuno che ne condividesse una parentela, tipo Grace Kelly. E l'aspetto ironico era che proprio lui, più di tutti, ci teneva in allerta. Eravamo certi che fosse il cecchino di Reuben.

È una di quelle cose che non riesci ad ammettere, un po' come l'alcolismo: i miei cani sono pericolosi.

A un certo punto, ho adottato un mantra.

Devo solo fargli da accompagnatore, pensavo. Far sì che vivano la loro vita senza far seriamente male a nessuno – perché in effetti qualche umano ha rischiato – e, quanto a questo, ci sono riuscito. Be', almeno per quel che riguarda la nostra comunità. Niente ferite che abbiano richiesto il ricovero in ospedale (anche se una volta un'ambulanza per me è stata chiamata. E anni dopo ho avuto bisogno di un piccolo intervento). Ma graffi e punti ce ne sono stati, e qualche incidente ci ha portato una certa notorietà.

Quanto è eccitante quando uno dei tuoi cani azzanna l'insegnante di piano dei tuoi figli, per esempio? Un fatto del genere dà parecchio di cui parlare, alla gente, mentre tu precipiti verso abissi di vergogna fino a quel momento sconosciuti. *Oddio, che orribile infamia!*

Ma basta.

Ora arrivo alle argomentazioni conclusive.

La prima volta che pensai di scrivere dei nostri cani, fu dopo la scomparsa di Reuben.

Era morto da poco e, tipico di lui, aveva avuto una morte magnifica e brutale; una sera, Mika mi disse queste parole: «Credo davvero che dovresti scrivere di lui».

Ci provai, ma ero come anestetizzato, non avevo emozioni.

Poi, quando toccò ad Archer, ero devastato. Troppo, per scrivere.

Ci è voluto un periodo di attesa, seguito dall'arrivo di un nuovo impostore (lo sono tutti, all'inizio: non sono ancora del tutto *loro* stessi, né mai lo saranno completamente, perché assumono la forma dei cani che vivono nei nostri ricordi); ho avuto bisogno di essere scosso da una raffica di vento freddo.

Dicevamo sempre che, quando fossero morti tutti i nostri animali (avevamo anche due gatti), avremmo fatto passare un po' di tempo prima anche solo di considerare di prenderne un altro. Ci illudevamo di avere davanti chissà quale futuro grandioso: «Finalmente potremo viaggiare! Potremo vivere tre mesi a New York, poi a Barcellona, e poi ovunque vorremo...»

Ma quando accadde era il 2021. Il Paese era una corsia di ospedale devastata dal Covid. Non potevamo muoverci all'interno dei confini, figurarsi andare all'estero, e in compenso c'erano parecchi cani che cercavano casa. Archer se n'era andato il 20 di aprile di quell'anno, e il piano era aspettare almeno sei mesi. Avevamo bisogno di abbandonarci al dolore e alla tristezza. Di stare da soli, senza di lui. Ma avevamo bisogno anche di una pausa.

Sei mesi.

Durammo tre.

I nostri figli erano più che pronti. (I ragazzini che conoscono gli animali sono astuti. I nostri non sono del tipo che ti assilla; accennarono alla cosa una volta, e poi aspettarono.) Dentro di me, avevo già commesso l'errore di guardare annunci relativi a cani qua e là sul computer. Tutti quegli occhioni che sbirciavano dallo schermo. Ma nessuno sembrava quello giusto, almeno finché non mi trovai davanti il muso da babbeo di Frosty. Non potevo sapere che cosa mi avrebbe portato in dono... l'inizio perfetto che mi serviva, e uno scenario decisamente pubblico.

Un uomo in guerra con il suo cane.

Provate a immaginare.

Sydney, il sole che scende sull'orizzonte.

Siamo alla fine di agosto, sono le diciassette e trenta, la luce sembra dilatarsi in un modo che è tipico di questa città: si gonfia a dismisura fino a morire, lasciando il posto a sfumature bronzee dietro gli edifici. Siamo ancora in piena modalità pandemica, il che significa che c'è tanta gente che si muove a piedi per il quartiere, godendosi la propria ora d'aria, e in tantissimi stanno portando a spasso il cane. (Dite quello che volete degli abitanti di Sydney, ma il miglior modo per indurci a uscire a fare esercizio è dirci che dobbiamo rimanere chiusi in casa.) C'è confusione, nonostante il lockdown, ci sono auto per strada, la musica che esce dai finestrini. Ci sono persone in giacca, cani al guinzaglio, e sento il cuore che mi batte caldo nel petto. Sempre più caldo, dal collo fino ai piedi.

Stiamo uscendo dal parco, dove Frost si è divertito come non mai – *il giorno più bello di sempre* – ma è qui che la faccenda si fa complicata, perché adesso è di nuovo legato, e questo significa una cosa sola:

FROST AL GUINZAGLIO = PAZZO FURIOSO.

Lo sapevamo da sempre, lo avevamo capito praticamente dal primo minuto.

Eravamo consapevoli del fatto che avremmo dovuto affrontare episodi violenti per le strade.

Vedete, da qualche parte, dentro di sé, Frosty ha un'incrollabile certezza. Deve andare da tutti i cani su cui posa lo sguardo, e deve farlo *subito*.

Vuole ferirli?

No, non vuole.

Vuole ferire *noi*.

Per andare a giocare, chiacchierare e correre con loro ci massacra gambe e ginocchia. Si solleva sulle zampe posteriori e punta in ogni direzione possibile prima di dilaniarci i quadricipiti. Affonda i denti nella carne, nella cartilagine. Ci vuole fuori dai piedi.

Naturalmente avevamo fatto del nostro meglio con lui. Dopo che hai passato buona parte della tua vita a gestire una coppia di cani minacciosi, cominci a crogiolarti in una sensazione di sicurezza. Pensi di poter gestire qualunque cosa. E poi ti porti in casa un altro cane.

Avevamo provato a tenerlo legato dandogli dei premi, non aveva funzionato. Avevo accorciato il guinzaglio al massimo. Di nuovo, enorme fallimento. La voce ferma e sommessa da insegnante? Con Frosty della casa famiglia non aveva successo. Sapeva come ottenere quello che voleva.

A quel punto, da quasi due mesi avevamo paura di incontrare qualunque altro cane, quando uscivamo. Lui riusciva a prendere velocità in pochi centimetri e ci attaccava dal fianco. La povera Mika aveva un intreccio di lividi tutt'intorno alle ginocchia: neri, poi blu e gialli.

Alla fine, ho deciso di prendere una *decisione*.

Avrei fatto quello che andava fatto, la cosa per cui potreste arrivare a odiarmi. Avrei scandagliato quel segreto che si portava dentro, arrivando al sangue e al nucleo caldo e pulsante della sua natura selvaggia, per rispondere a tutto ciò che mi stava chiedendo. Chi era il capo, io o lui?

La prossima volta che avesse provato a guardami dentro, sarei stato io a guardare dentro di lui.

È interessante il momento in cui te ne stai lì ad aspettare che scatti il semaforo. Conti gli umani dall'altro lato della strada, esamini il loro arsenale di cani... e con questo mi riferisco ai loro *innocui* amici, la cui mera esistenza è un'incitazione alla guerra. La piccola cifra digitale, che adesso è rossa ma tra poco diventerà verde. E poi ci siamo io e il mio enorme ammasso selvaggio color ghiaccio.

La transizione si compie, parte il suono intermittente che ci invita a passare e che funge da richiamo per gli animali che sopraggiungono. Un passo, e immediatamente Frosty si fionda su di me, e io che cosa posso dire? Non c'è furia, all'inferno, paragonabile a quella di un uomo attaccato dal suo cane che ha deciso di rispondere all'aggressione. E la cosa peggiore è che siamo completamente circondati da questa orda di gente normale. Persone normali con cani normali.

Quanto a me, sto facendo a botte con Frosty, e ammetto che lui è abbastanza scioccato. *Bang*. A mano aperta. Poi un altro colpo, al suo primo tentativo di farsi sotto ancora: il palmo contro il suo muso. Era un montante o un gancio? Non ha importanza, perché adesso è inchiodato al suolo, con la gente che ci passa intorno, mentre la mia voce lo stringe in una morsa serrata. «*Questa è l'ultima* – L'ULTIMA – *volta che mi fai una cosa del genere!* L'ULTIMA! *Mi hai capito?*»

Lui mi sta fissando, gli occhi sgranati.

È sul fianco, sbattuto sul cemento.

Il respiro è pesante.

Il suo e anche il mio.

Quel movimento della testa... sta accennando un sì?

La gente passa, guarda, e a me non interessa. Vorrei quasi che dicessero qualcosa, ma intanto penso: Non c'è niente da vedere, circolate. E nessuno apre bocca. Siamo a Sydney, in fondo, dove i giudizi si scagliano in silenzio.

Ovviamente, quando permetto a Frosty di tirarsi su, c'è un'altra crisi... e non uso questo termine indiscriminatamente, perché si tratta di più di un semplice problema.

Ci siamo giocati la nostra chance di attraversare.

Dobbiamo aspettare ancora qui, e aspetteremo finché le cose non andranno come devono. Quanto può essere difficile riuscire ad attraversare queste corsie trafficate? All'inizio ho provato solo vergogna, mentre l'adrenalina mi scorreva nelle vene, ma adesso, a posteriori, capisco. Capisco che cosa c'è in questo spazio che ci divide dalla sponda lontana del *successo*.

C'è il tempo passato con i cani, credo, e il tempo dedicato a tutto quello che li riguarda. E ci sono anche le banalità del tipo: «Non siamo noi a scegliere i nostri cani, o a salvarli; sono loro che salvano noi».

Il che è vero, ma è anche una stronzata.

In fin dei conti, è lavoro. È lavoro, e in buona parte è un lavoro sporco. I cani cambiano le nostre vite rendendole più caotiche e disordinate, ma è un disordine oltraggiosamente memorabile e, davvero, che altro potremmo mai chiedere? Dei miei tre cani, non ce n'è uno che vorrei dimenticare.

Quindi, adesso siamo ridotti a questo.

Il semaforo scatterà di nuovo.

Nel frattempo si sarà radunata un'altra folla di persone con Spaniel, Retriever e cagnolini da salotto. A malincuore, me ne starò qui a guardare la massa aumentare.

Sì, dobbiamo solo attraversare questa strada con tutti i suoi pericoli e le sue numerose tentazioni. C'è un cane pazzo, accanto a me, e davanti a noi ci sono i cani che popolano i miei ricordi... tutto nelle pagine ancora da scrivere. Ci sono amore, animali e terribili errori, c'è del rimpianto, ma per nulla al mondo cambierei le cose.

Ci tuffiamo nel gorgo, lui davanti e io dietro.

Parte prima

Reuben

Il cane uscito dal suolo

La cosa strana è che iniziò tutto con i gatti.

Ne avevamo due.

Erano comuni Soriani, anche se uno dei due era davvero bello, occhi verdi e grandi e una macchia di pelo bianco sul petto, che sembrava un panciotto. L'altro era più grosso, più classe operaia. Strisce grigie più spesse, zampe massicce nere come catrame.

Il bello si chiamava Bijoux, il nome l'aveva scelto Mika. L'altro era Brutus, e il nome lo avevo scelto io.

Senza ombra di dubbio apparteniamo alla categoria degli amanti degli animali, e al sottogruppo delle persone che amano i cani. Quindi perché sia cominciato tutto con dei gatti resta un mistero.

Era il 2003.

Vivevamo in una piccola villetta a schiera nella zona sud di Sydney.

(Forse per questo avevamo optato per dei felini, anche se qualche cane c'era, nel circondario.)

I primi posti che visitammo per prenderli furono l'RSPCA* e qualche altro rifugio per animali, ma non c'erano gatti

* Royal Society for the Prevention of Cruelty to Animals [N.d.T.].

disponibili, così andammo a comprarli nel negozio del quartiere. Mika scelse Bijoux in mezzo a una dozzina di gatti chiusi in una gabbia. Quattro o cinque settimane dopo, Brutus era l'unico rimasto. Era troppo grosso per essere considerato un gattino tenero e carino, ormai, e il proprietario ce lo regalò. «Il gatto migliore che abbia avuto qui» ci disse, ed eravamo più che propensi a credergli. Non c'erano scatole di cartone, e stavano chiudendo, così Mika lo prese in braccio e lo portò a casa... dove le prese di santa ragione. Scoprimmo presto che Bijoux era inarrestabile.

È giusto che vi domandiate come mai un libro che parla di uno scrittore e dei suoi cani prenda le mosse da due gattini grigi, ma dovete credermi se vi dico che furono fondamentali, come riscaldamento.

Bijoux era un guerriero. Un Gengis Khan felino.

Brutus era l'eterno tenerone.

(Anche se, anni dopo, lo vedemmo portare in casa un topo morto, che poi si mangiò tutto intero nell'angolo della nostra camera da letto. E va detto che si avventò sul suo pasto quasi fosse in una mensa, una scena che ci fece venire in mente tutti quei film in cui si vedono reclute alle prese con l'addestramento, che mandano giù la loro sbobba a badilate. Sento ancora la voce di Mika che mi sveglia.

«Amore, Brutus ha portato un topo in casa... oh no, che brutta cosa, è orribile... Oh! Oh, merda, se lo sta mangiando!»

E restammo lì seduti a guardarlo.

Due pilastri di sale immobili e perenni.

«Non si mangerà anche la coda, vero?»

Non guardare, non guardare, non guardare.

«Oh no, credo proprio che lo farà, invece.»

E un secondo dopo la coda non c'era più.

Il topo era svanito.

Ma devo essere sincero, riuscii a trovare comunque il lato positivo della cosa: mi aveva risparmiato l'incombenza di portare via la carcassa, e non mi dispiacque affatto. Lavori del genere toccavano sempre a me e questa volta era già stato ripulito tutto. A parte la moquette e qualche macchia di sangue.)

Ora, mi rendo conto di aver descritto qualcosa di piuttosto barbarico, ma Brutus – meglio noto come Brutie – era davvero il più sensibile dei due. Aveva un miagolio acuto, a malapena udibile, ma le sue fusa facevano più rumore della maggior parte degli aspirapolvere. Si metteva comodo sul tuo grembo, mentre eri in salotto o alla scrivania o a letto, e si acciambellava fino a sembrare un guscio di tartaruga.

Bijoux, come ho detto, era quello minaccioso. Ti riempiva di graffi per svegliarti; si accaniva sulla faccia o sulle dita dei piedi, se uscivano dalle coperte. Veniva coinvolto in megarisse con i gatti del vicinato, da cui usciva vincitore con spietata facilità, malgrado fosse minuto. Quando miagolava, ci metteva tutto il corpo. Lo sentivi, e pensavi: Dio, è davvero *incazzato*. Anche anni dopo, quando dicevo: «Abbiamo due gatti, due cani e due bambini... e i bambini sono i più facili da gestire», era soprattutto a Bijoux che mi riferivo. Andavo a un festival di scrittura, o partivo per un tour per presentare un libro, e mi chiedevo perché ci fosse tanto silenzio. Quello che mancava in sottofondo non erano le urla dei ragazzini o l'abbaiare dei cani: era il miagolio di Bijoux. Ogni singola parola che usciva dalla bocca di quel micio, dall'alba al tramonto, era una litania di bestemmie programmate. Sapevamo esattamente che cosa stava dicendo, ogni volta.

Sei del mattino, ti affrontava così:

CHE NE DICI DI DARMI UN PO' DI QUEL CAZZO DI CIBO, STRONZO?! CHE COSA STAI ASPETTANDO... NATALE? MERDA!

E così via.

Otto, dieci, mezzogiorno, pomeriggio, la cosa andava avanti più o meno tutto il giorno. Trattava noi umani come bersagli con cui si esercitava a tirare. Mentre Brutus riposava – o, meglio, faceva le fusa – altrove, spesso sul mio portatile aperto, lui era lì in attesa come un sergente.

DI NUOVO TU! abbaiava. (Lo so, lo so, ma passatemi il termine.) *LO SAI CHE LE CROCCHETTE SONO FINITE? DATTI UNA MOSSA, TESTA DI CAZZO!*

Francamente, certi giorni lo avrei strangolato, ma in un certo senso nutrivo rispetto per il suo comportamento. Era un duro, questo glielo concedo. Poteva anche avere l'aspetto del classico allievo di una scuola privata, ma nelle sue vene scorreva il sangue di un delinquente. Se viveva seguendo un codice o un credo, sono certo che fosse molto semplice: *Nessuno può mancarmi di rispetto.*

Siamo più che certi, poi, che abbia bruciato molte più vite delle classiche sette, finché non decise di suicidarsi... Ma questa è una storia grossa, da raccontare in un altro momento.

In quei primi anni, cadde almeno due volte da un'altezza di tre piani, e se la cavò come se niente fosse successo. Sopravvisse alla peggiore serie di morsi di zecche dal veleno paralizzante che avessimo mai visto. Una volta rimase per trentasei ore con la testa incastrata tra due sassi enormi, nascosto nella boscaglia. E l'elenco continua, e continua.

(Una riflessione a posteriori, mentre rileggo il libro: sapeva essere anche tanto dolce, quel gatto, in un modo dinamico o viscerale. Se ti amava, ti amava con passione. Era molto fisico nel fare le fusa. Ti si strofinava agilmente contro gli stinchi e ti si incastrava fra le caviglie. La coda era un cobra vagante. Ti affondava felice le zampe nel grembo, prima di sistemarsi e restarci per ore. Ricordo anche quei momenti ma la sua personalità da duro era davvero estrema, e quindi anche molto più facile da documentare.)

Ma volendo trovare l'esempio migliore per dimostrarvi la sua tempra, devo per forza raccontarvi di un sabato mattina, un giorno memorabile durante il quale nemmeno un artiglio venne alzato con violenza. La celebre guerra di nervi sul vialetto di casa.

I gatti non erano con noi da molto quando ci trasferimmo in una casa a pochi chilometri di distanza. Era un'abitazione in legno di cedro, in cima a un blocco di roccia scosceso in quella che potremmo considerare la zona più depressa e culturalmente isolata di Sydney. Eravamo sul pendio di una collina, in basso e nascosti dietro altre case; c'erano muri di cinta di altezze diverse, e ai lati avevamo due terreni ancora vuoti. Una cinquantina di metri più a sud, il vicino più prossimo aveva un gatto: Jackson, un gigantesco predatore. E Jackson aveva commesso qualche passo falso, uno dei quali in particolare avrebbe rimpianto amaramente.

In sostanza, per parecchi mesi dopo il nostro arrivo si abituò a entrare attraverso lo sportello per i gatti, rubando il cibo a Bijoux. (Dico a Bijoux perché probabilmente era lui che concedeva i bocconi che non voleva a Brutie.) Ogni tanto entravamo in lavanderia e quel ladro di Jackson era lì, una presenza enorme e minacciosa. Bianco, a chiazze nere, chino sulla ciotola, mentre divorava con gusto e golosità le crocchette Tom o Whiskas. Questo fino a quando una cosa non divenne abbastanza sicura, ovvero che Bijoux aveva deciso di *decidere*.

Fuori, vicino alla porta della lavanderia e allo sportello

per i gatti, c'era un'ultima piccola lastra del muro di cinta. Color sabbia, bella forma geometrica. Non arrivava al metro e mezzo.

Stavamo uscendo per andare a fare spese, e girando sul lato della casa ci trovammo di fronte a quella scena peculiare: in cima al muro, Jackson e Bijoux erano impegnati in una guerra psicologica. Entrambi acquattati, perfettamente immobili, naso contro naso. Il modo migliore per descriverli è dire che erano la fotocopia di un manifesto promozionale di pugilato che avevo da ragazzo – Alì contro Frazier II – con i due sfidanti che si guardavano feroci, a un millimetro dal toccarsi.

«Ehi, Mika» dissi. «Guarda là.»

Nessuno dei due mosse un muscolo. Né un baffo, o un tendine. Conoscendo bene Bijoux, sapevamo esattamente che cosa stava dicendo a quel ladro avido e ingordo di Jackson:

Lascia che ti chiarisca una cosa, ciccione. Questa linea segna un confine che non oltrepasserai mai più. Avvicinati di un passo e ti cavo le retine, cazzo. E quelle belle orecchiette me le mangio. Ci siamo capiti?

Rincasammo tre ore dopo.

I due gatti non si erano mossi.

Nessuno dei due aveva ceduto ma, a quanto ci risulta, dopo quella volta Jackson non tornò più.

Dunque la nostra vita era questa.

Mika, io, due gatti in una casa su palafitta in periferia.

Nel 2006 nacque la nostra prima figlia, che chiamammo Nikita. Per un po' abbreviammo il nome in Niki, ma presto fu lei a scegliere Kitty. Aveva tre anni quando a Mika venne di nuovo voglia di cambiare e traslocare altrove. (Allora le piaceva trasferirsi ogni tre o quattro anni. Adesso invece rimoderna, rinnova.) La parte più divertente della storia, per me, è il fatto che avessi continuato a ripetere che amavo così tanto quella casa che l'avrei lasciata solo dentro una cassa. Oggi riconosco che era il momento giusto per cambiare, anche se ripenso ancora con gioia ai momenti trascorsi lì. Momenti stupendi. Tante risate. Lì scrissi il mio libro di maggior successo. Ma vi dico che l'immagine che ricorderò per sempre è quella di Jackson e Bijoux che si sfidavano in cima al muro di cinta. Anche adesso che Bijoux non c'è più, e sono abbastanza sicuro che se ne sia andato anche Jackson, immagino i loro spiriti lì, decisi a non cedere nemmeno nell'aldilà.

A settembre del 2009, ci trasferimmo nella nostra casa attuale.

La periferia orientale non è proprio il *nostro* posto; è una delle zone più chic di Sydney.

Mika viene dall'ovest.

Io dal profondo sud.

Acquistammo una casa vecchia e molto bella, che aveva bisogno di qualche lavoro, con un giardino sul retro assurdamente grande per essere così vicino al centro. Scherzavamo dicendo che avremmo fatto abbassare il valore delle proprietà del quartiere, per via dell'auto malconcia da cui non riuscivo a separarmi, e del sottoscritto che aveva vomitato in strada a causa di un'influenza gastrointestinale, presa a nemmeno una settimana dal nostro arrivo. Aggiungeteci due gatti di razza non pregiata e un cane rognoso che sarebbe arrivato di lì a poco.

Cominciammo a parlare dell'idea di prendere un cane perché Kitty adorava gli animali in genere, ma era particolarmente attratta dai cani. I genitori di Mika ne avevano due, entrambi grandi, e la bambina aveva imparato a rispettarli. Li abbracciava, li coccolava, ma non oltrepassava mai il limite. Mai e poi mai sarebbe saltata loro in groppa o avrebbe stropicciato loro il muso. E i cani ricambiavano il suo affetto.

Quell'anno, circa quattro mesi prima di trasferirci, eravamo stati a trovare i nostri amici Dana e Daniel, che vivevano con le figlie a San Francisco. Avevo conosciuto Dana nel 2006, durante il mio primissimo tour americano per presentare il libro che avevo scritto nella casa precedente. Ero convinto che quel romanzo – *Storia di una ladra di libri* – sarebbe stato un fiasco. Di solito gli editori organizzano tour per un solo autore, ma in quel caso eravamo un gruppetto, e molti di noi divennero grandi amici. Oltre a Dana Reinhardt e al sottoscritto, c'era la straordinaria coppia formata da marito e moglie, Laura e Tom McNeal.

(I McNeal vivono a San Diego. All'epoca avevano una dolcissima femmina di dobermann di nome Edna, la cucciola più fifona del pianeta. Nonostante la gradevolissima temperatura, si metteva sempre vicino alla porta sul retro e tremava; era il suo stratagemma per entrare in casa con noi.)

Torniamo a San Francisco. Dana aveva un cane, Chayo, una femmina, un incrocio tra un Golden retriever e un Collie, credo, che avevano trovato per le strade di Boston, completamente abbandonata. L'avevano presa e se l'erano portata a casa, e la storia che ci raccontarono di quel viaggio in macchina è stupenda: l'avevano trovata, bella ma ridotta a pelle e ossa, e poi, una volta in auto, avevano avuto più di un ripensamento. Chayo aveva cominciato a uggiolare più o meno quando erano entrati nel New Mexico e non aveva smesso fino all'arrivo, in California.

«Gesù, Chayo, sta' zitta!»

Poi, naturalmente, si erano sentiti in colpa.

Era stato il primo accenno al fatto che l'amore non è sempre paziente. Soprattutto quando si tratta di cani.

Era stata Dana a lanciare il sasso, un pomeriggio.

«Dovreste prendere un cane come Chayo, a Kitty.»

Era tipico di lei andare dritta al punto, e sparare idee come quella senza girarci intorno, mentre ce ne stavamo seduti sui gradini davanti a casa. Kitty stava abbracciando il cane, le stava raccontando della sua giornata. E Chayo ascoltava, attenta. Ricordo Dana, con i capelli biondi piuttosto corti, i jeans e la camicia, lo smanicato nero imbottito. C'era sempre un po' di arietta, a San Francisco. Si strofinava spesso le mani con un «*Brrr*», mentre Kitty continuava a raccontare e ad accarezzare Chayo. Poi Dana si voltò verso di noi, e ci disse: «Sapete che ho ragione, vero?»

Lo sapevamo, sì.

I dubbi sorsero solo al ritorno.

Mesi dopo ci trasferimmo in questa vecchia casa. Era una sera di novembre, e stavo lavorando. Di solito non scrivo fino a tardi, perché mi piace alzarmi di buon'ora, ma mi capita di cominciare la sera prima quel che dovrò fare il giorno dopo.

Mika all'epoca aveva una scrivania in camera nostra. (Lei è l'altra metà della nostra attività di scrittura; mi fa da manager, e si occupa di conti e bilanci.) Io ero nella stanza dall'altra parte del corridoio, quando mi arrivò la sua voce.

«Ehi, credo di aver trovato il cane che fa per noi.»

Alzai gli occhi e guardai altrove. Stavo lavorando a *Il ponte d'argilla* e mi sentivo avvolto dalle sue acque tenebrose. Avevo finito la stesura di *Storia di una ladra di libri* nell'agosto del 2004, quindi da cinque anni non consegnavo nulla, ed ero ancora alle prese con i primi capitoli. Più preoccupante ancora era il fatto che continuassi a tornare alla prima pagina, a volte, addirittura, alla frase di apertura. (Per darvi un'idea, finii di scriverlo alla fine del 2017, dopo averci lavorato per tredici anni.)

Oltre a quel problema non proprio trascurabile, c'erano altri fattori da considerare.

Il primo: stavamo aspettando un altro figlio.

Il secondo: una delle favolose conseguenze del trasloco era il fatto che i gatti avessero preso l'abitudine di marcare il territorio dentro casa, anche se era difficile capire dove... Il che mi fa venire in mente che le persone a cui lo racconti a volte ti rispondono con il consiglio: «Be', sbarazzatevene». Se ne ho l'occasione, di solito ribatto: «Che cosa sono, un signore del crimine? Li getto nell'acqua del porto con un blocco di cemento legato al collo?»

Il terzo: malgrado *Storia di una ladra di libri* avesse ottenuto quel successo grandioso che ogni scrittore sogna per sé, avevamo chiesto un prestito consistente per acquistare la casa. C'erano fatture da pagare, e una bambina di tre anni da tenere in riga. Sì, adorava gli animali e aveva un cuore buono, ma sapeva essere ancora una tipetta tosta. Mi chiesi se fosse davvero il caso di prendere una decisione del genere; di gettare un cane in quella mischia.

Ci sono volte, però, in cui bisogna andare fino in fondo, e basta.

Succede a tutti.

Decidiamo di sbagliare, di commettere un errore.

Mi alzai dalla scrivania. Con la coda dell'occhio vedevo Mika, ma non andai a parlarle. Invece, mi avvicinai alla finestra.

C'è una frase, in inglese, che usiamo quando piove a catinelle: *It's raining cats and dogs*... E se si fosse scatenato un ciclone poderoso, e ci avesse portato un solo cane, un animale scagliato dal cielo sulla terra? O se, invece, il diluvio universale avesse spazzato via una montagna, e dal terreno fosse emerso un cane?

In un certo senso, con Reuben andò così.

Era una creatura quasi mitica.

Avevo la situazione in mano e me la lasciai sfuggire.

«Cosa?» risposi, alla fine. «Hai detto qualcosa, un minuto fa? A proposito di un...?» Sentivo il sapore di quella parola, *cane*, ma non riuscii ad andare fino in fondo, non ce la feci proprio a pronunciarla.

Ma c'è questa cosa speciale tra me e Mika.

Senza vederla, riuscii quasi a sentirla sorridere.

Con un largo sorriso, mi disse: «Hai capito benissimo».

Un talento particolare per scovare cani problematici

Quella sera, nel novembre del 2009, Mika stava dando un'occhiata ai siti internet dedicati a cani abbandonati. Il mio consiglio a chi intende visitare siti del genere è questo: se siete sicuri solo al cinquanta per cento di volere un cane, evitate. Perché, una volta fatto, siete spacciati. Tanto vale che cominciate a comprare cibo, guinzagli, cucce, giocattoli, e a individuare il veterinario più vicino. I più intelligenti tra voi potrebbero addirittura dare una prima occhiata alle polizze per animali domestici.

Quando Mika mi urlò che aveva trovato il cane giusto per noi, si presentò subito un duplice dilemma. Primo: Dio solo sa quanto la amo, ma è senz'altro una donna che sa quello che vuole. Secondo: ha un talento innato per scovare cani problematici... quelli che nessun altro sa come gestire.

Piccolo ma significativo antefatto: Mika e io ci eravamo conosciuti in un altro continente. Era il primo viaggio, per me, e lei era così bella e sicura di sé. Tornava spesso in Polonia, il suo Paese natale, dove aveva vissuto fino ai sei anni.

Era il 1998.

Mi aveva raccontato del suo cane.

Tyja.

Un incrocio tra un Rottweiler e un Pastore tedesco. Tra tutte le combinazioni possibili! Il modo in cui dominava lo spazio attorno a sé e la sua maestria nell'arte della ferocia erano materiale per una leggenda di periferia.

Quando qualcuno andava a trovare i genitori di Mika, in Edensor Park, e osava mettere piede nel giardino sul retro, doveva prima sopravvivere al *test Tyja*... ed era una prova diabolica. Pare che il cane cominciasse a girarti intorno. Se le piacevi, ti rivolgeva un'occhiata d'avvertimento e poi si allontanava con nonchalance. Se *non* le piacevi, ringhiava e mostrava i denti. Una chiara indicazione cui dovevi ubbidire immediatamente: riporta il culo dentro casa.

Dopo, ti seguiva fino alla porta e, una volta chiusa, se ti azzardavi ad allungare la mano, infilava il muso tra le sbarre dell'inferriata di sicurezza.

Quanto a me...

Cosa fa un ragazzo quando, durante il suo primo viaggio all'estero, incontra una bellissima ragazza e se ne innamora follemente, e ha fissato la data di rientro prima di lei? Accetta di portare parte dei suoi bagagli, con il rischio di farsi beccare con droghe o armi nascoste tra i vestiti e di finire i suoi giorni a Bangkok o a Singapore.

Superato brillantemente l'ostacolo della dogana, ero arrivato a casa e avevo chiamato i suoi per la consegna e – naturale conseguenza – per conoscere la leggendaria Tyja.

Sarò sincero: non ero esageratamente preoccupato, anche se avrei dovuto. Fin da piccolo avevo abbracciato l'idea che non si doveva mostrare paura, davanti a un cane; bastava avere un approccio cauto, e nel novantanove per cento dei casi sarebbe filato tutto liscio... anche se, da quanto avevo sentito, Tyja rientrava nel restante un per cento delle casistiche.

Quasi sempre, a Sydney, il tempo stimato di percorrenza per raggiungere un qualsiasi luogo è di tre quarti d'ora/un'ora. Avevo calcolato il tempo per arrivare da Mika in abbondanza, e arrivai con un'ora di anticipo. Non parcheggiai di fronte alla casa, ma più in giù, lungo la strada senza uscita. Percorrendo il vialetto, notai Tyja dietro al cancello, da dove aveva cominciato ad abbaiare scoprendo i denti. Non scherzava affatto: aveva un lavoro da svolgere ed era intenzionata a farlo. Suonai il campanello, nervoso per più di una ragione.

I suoi genitori mi fecero accomodare dimostrandosi molto gentili. Ricordo l'ardesia e la luce di quella casa. Chiacchierammo per un po', del viaggio, di Mika, e io assaggiai con un po' di esitazione la frutta che mi offrirono, finché non arrivò il momento dell'inevitabile domanda.

Volevo uscire in giardino per conoscere Tyja?

Che cosa mai avrei potuto rispondere? «Sentite, io sono davvero innamorato di vostra figlia, ma non ho il coraggio di incontrare quella belva feroce»?

Direi di no.

Quello era il momento di dimostrare che ero forte. Fisicamente e psicologicamente.

Quando aprimmo il pannello a zanzariera, Tyja era distante, dietro il lato della casa. Per qualche motivo, ero due passi davanti a loro e, vedendomi, Tyja si immobilizzò. Mi studiò da lontano per poco più di un secondo, poi affondò le zampe enormi nel terreno e corse verso di me, sbandando. Grossa e nera, muscolosa e dorata, si lanciò in aria. E mi si fiondò addosso, per poi cominciare a leccarmi. Si accovacciò contro le mie gambe come fanno soltanto i cani, e si mise ad annusarmi e a darmi zampate, e continuò così per un po'. Mi leccò gli avambracci e le mani, e le vidi i denti (e in parte li sentii, anche), ma trasmetteva entusiasmo più che incutere terrore. Quindi si sdraiò e si girò sulla schiena. E io mi accovacciai per accarezzarle il ventre.

Ancora oggi Halina, la madre di Mika, dice che mi aveva dato per morto, quel giorno, quando aveva visto Tyja lanciarsi su di me mostrando gli artigli. Quel cane non aveva mai avuto una reazione simile con un umano, ma in tutta onestà non mi faccio illusioni. Sono certo che sia dipeso tutto dall'odore: doveva aver fiutato Mika nell'istante stesso in cui mi ero incamminato lungo il vialetto con la borsa dei suoi vestiti da lavare.

Comunque, da quel giorno Tyja e io siamo rimasti grandi amici e, quel pomeriggio, quando me ne andai, Halina chiamò Mika a Varsavia dicendole: «Ho appena conosciuto l'uomo che sposerai».

Non si erano sbagliate. Né Halina, né Tyja.

Tornando alla sera in cui Mika mi urlò dalla stanza di fronte, Tyja se n'era andata da un po', ma all'orizzonte si profilava un cane simile.

«Vieni a dare un'occhiata» mi disse, china verso il cane sullo schermo. Le risposi di darmi un momento, perché stavo finendo di rileggere un capitolo. Non che fosse questo il mio piano, ma, quando più tardi andai a letto, Mika dormiva già.

Al mattino mi toccò guardare, comunque, quando spinse verso di me il portatile sul tavolo, in cucina. Mi colse alla sprovvista, e mi ritrovai davanti quel muso.

Quello non era un cane come gli altri.

Aveva il pelo striato, scuro, l'aria selvatica. Una delle orecchie color terra era piegata irresistibilmente in avanti.

Quattro mesi, imbronciato. Labbra nere e occhi disarmanti. Si capiva che aveva qualcosa della iena, ma era pieno di striature e di personalità. Aveva cinquantadue gradazioni di marrone.

«Oh, merda» dissi.

«Lo so.»

Sapevo molto bene che cosa voleva dire, quando pronunciava quelle due parole.

Lo so, accompagnate dal loro complice, quel certo suo sorriso. Un sorriso sonoro, vicino a me, vivo.

Si avvicinò per guardare meglio la foto. «Non è stupendo?»

«Be', senz'altro si fa notare. Ma non so se lo definirei stupendo.»

«Oh, andiamo, è *bello*!»

«Ah, sicuro» commentai, non riuscendo a trattenermi. «Bello e dannato, stile "appena uscito di prigione", direi.»

«Finiscila!» Mi diede una sberla sul braccio.

«D'accordo, sì... è bello.»

Per una manciata di secondi che sembrarono un giro sulle montagne russe, cercai di trovare qualcosa, qualunque cosa, che ci costringesse ad abbandonare l'idea... e poco dopo la trovai: Reuben. Il nome in cima alla foto diceva così. Ruben era uno dei personaggi principali dei miei primi tre libri. Scritto in modo diverso, ma suonava allo stesso modo.

«Ehi, non posso avere un cane con quel nome. Ricordi la trilogia dei fratelli Wolfe? Non posso avere un cane che si chiama come il personaggio di uno dei miei libri.» Era un motivo più che valido, e il mio ragionamento non faceva una piega, secondo me. «Suonerebbe un bel po' egocentrico, no?»

E Mika?

Era parecchi passi avanti a me, come al solito. Provate a uscire vincitori da una discussione con questa donna. Non ce la farete mai.

«La stai prendendo nel modo sbagliato, completamente sbagliato!» Lì, in cucina, mi sentivo seduto sulle sabbie mobili. Parlava con i punti esclamativi, sempre più entusiasta nel difendere la sua posizione. «Non lo vedi? È un segno! Fra te e questo cane c'è *già* un legame, una *simpatia!*» Adesso si era infilato anche il corsivo. «*È destino...*» Aveva ingrandito la foto con lo zoom e ci eravamo tuffati dentro l'animale, e in tutti i suoi marroni intensi e profondi. «Comunque, possiamo sempre dargli un altro nome.»

Stava pensando anche ai dettagli. Tipico.

«Buona idea» osservai. «Questo risolve ogni cosa!»

Per tutta la giornata c'erano state altre conversazioni (l'argomento era il solito: se fosse davvero il momento giusto per prendere un cane), ma bastò che ci guardassimo negli occhi per sapere che avevamo già deciso entrambi. Anzi, Mika aveva deciso da tempo, e adesso ero diventato suo complice. Quando l'orologio suonò la mezzanotte, io ero di nuovo alle prese con *Il ponte d'argilla* e, come la sera prima, non stavo combinando nulla; pensavo al cane. Mika era ancora sveglia e stava leggendo, quando la raggiunsi a letto e capitolai. «Okay, diamo un'ultima occhiata.»

Da come scattò, sembrò che fosse stata seduta su una molla.

Andò alla scrivania e tornò indietro marciando trionfante, con la fotografia di Reuben tra le braccia. E facemmo quel salto terrificante.

«*E daiiiii*» disse, in modo adorabile, lo ammetto. «Come si fa a resistere a quel muso!»

Questa volta, mentre studiavo l'orecchio piegato, lo

sguardo selvaggio e quelle sfumature marroni che potrei solo definire ribelli, decifrai un messaggio del tutto nuovo, ovviamente frutto della mia fantasia: «Chi mai mi prenderebbe, se non voi?»

A questo punto, chiamatela come volete.

Stanchezza. Incoscienza.

Mi appoggiai al cuscino, feci una mezza risata, e cedetti.

Poi trassi un enorme sospiro, sapendo che avevamo superato il punto di non ritorno, con la consapevolezza che presto Reuben sarebbe stato con noi. Mi lasciai sfuggire un: «Okay». Poche lettere, tanto semplici e perfette, con così tante ramificazioni. Non che l'ultima parola spettasse a me, ma scelte del genere richiedono che due persone siano del tutto d'accordo. Fine della discussione. Ma eravamo solo all'inizio.

Quindici minuti dopo dormivo profondamente, e feci sogni agitati, con dei cani. Sapevo che alcuni fatti erano immutabili.

Reuben era là fuori, da qualche parte, ma il giorno dopo sarebbe stato lì, con noi.

Il giorno arrivò. E lui anche.

In verità Reuben si rivelò un cane molto tranquillo.

All'inizio.

Fedele alla fotografia pubblicata online, era una magnifica creatura in miniatura con il pelo di tante sfumature di marrone e antracite: marrone, nero, marrone scurissimo, ancora marrone ma più chiaro, poi più scuro, e con un muso talmente nero che sembrava riemerso da una miniera di carbone. Sul petto aveva una piccola chiazza di pelo bianco a forma di diamante, che però non si notava quasi mai. I suoi occhi dicevano: «Il mio aspetto è un po' ridicolo ma sappiate che vi amerò finché di me non resterà nulla».

Le orecchie erano due triangoli, da lupo.

Le zampe erano già quelle di un adulto, doveva trascinarle tanto erano pesanti.

Certo, c'erano i classici problemi che ci sono all'inizio, come il tipico atteggiamento ribelle dei cuccioli, e i conseguenti danni a qualche oggetto in casa. Mika rimase quasi impassibile di fronte ai suoi stivali UGG rosicchiati, ma ammetto che, per essere un cane di quattro mesi, non seminava poi tanta distruzione. La notte Mika non lo costringeva a dormire fuori, e per questo ci capitò di litigare seriamente. Sempre lei comprò subito un nuovo aspirapolvere, che lavava anche tappeti e moquette. (A proposito, quegli affari non funzionano con l'urina di gatto, per quella non c'è niente che vada bene, ma nulla da dire invece per i peccati commessi dal nostro cane.)

Il giorno in cui arrivò, io non ero a casa.

Non ricordo dove fossi.

Ricordo invece che lo vidi di notte, la prima volta, e che era stato appena sfregiato da Bijoux, che rivendicava la casa come suo territorio. Con ogni probabilità rivendicava anche la proprietà di tutti gli umani, e ovviamente del cane. Quel piccoletto tosto gli stava addosso, con il fiato sul collo. Mi rendo conto di quanto sembri folle, ma non posso fare a meno di provare a immaginare il monologo felino. Ogni sguardo di Bijoux era denso di significato.

Adesso ascoltami, gli spiegava nel modo più chiaro possibile. *Vediamo di capirci da subito. Sono io che conduco le danze, qui. Dammi la caccia, e sei un cane morto. Tocca il mio cibo, e finisci bandito come Jackson. Alla prima occhiata sbagliata, idem come sopra. Anzi, evita di venirmi vicino, e forse c'è una piccola possibilità che ti lasci vivere.*

La prima volta che vidi Reuben in carne e ossa, si stava trascinando per il corridoio, uggiolando.

Devo riconoscere a Mika, però, di aver fatto un ottimo lavoro.

Essendo la mente e la forza motrice dietro la scelta di Reuben, sapeva che il sottoscritto si riservava ancora il diritto di esprimere una sentenza, e pertanto si assunse tutti i doveri e le responsabilità. Era lei a portarlo a spasso, a dargli da mangiare. A ripulire quando sporcava. Soprattutto, però, lo amava. Per settimane dormì sul divano, pronta ad alzarsi per i bisogni di mezzanotte, con Reuben sul pavimento accanto a lei.

Kitty, naturalmente, lo adorava.

Aveva soltanto tre anni e mezzo, era una bimbetta bionda con le manine ancora paffute, e Reuben le arrivava alla vita. Si metteva seduta e sfogliava i suoi libretti con lui. Se ne andavano in giro per il giardino dietro casa. Una bambina e il suo tenero amico a quattro zampe.

Quanto a me, come ho detto, c'era del lavoro da fare.

Il mio affetto Reuben doveva guadagnarselo.

Non so perché impiegai tanto a convincermi: era un cane così insolito. Per lo stesso motivo per cui m'innamoro di un'immagine capace di cambiare una frase, facendole assumere un significato più obliquo di quel che ti aspettavi, Reuben rappresentava il compagno perfetto.

La prima volta che lo portai a fare una passeggiata, andammo al mercato di zona, e un tizio dietro una bancarella ci guardò con un largo sorriso.

«Che cos'è, una iena?» mi chiese.

Risi, e gli dissi: «Ci può scommettere».

Il mondo era cambiato tanto, dall'ultima volta che avevo avuto un cane.

In realtà non ne avevo mai avuto uno mio, o almeno non ero mai stato coinvolto nella decisione di prenderne uno. Avevamo un Border collie di nome Panda, quando ero un ragazzino, che viveva in cortile, per lo più. C'era già, quando ero nato, e non lo portavamo fuori con religiosa regolarità. Oggi potrei calcolare una media di due uscite al giorno, durante gli ultimi quattordici anni o giù di lì. In totale novemilacinquecento passeggiate, se non di più.

Anche Panda aveva avuto i suoi momenti da protagonista, ovviamente, e aveva partecipato a una piccola parte delle vacanze di famiglia. Non era mai stato maltrattato, questo no; ma era una di quelle povere anime sfortunate rimaste vittime di promesse infrante. Mio padre aveva giurato di portarlo fuori, di pulire quando sporcava, salvo poi lasciare generosamente l'incombenza a mia madre... e, dal momento che lei lavorava a tempo pieno e le toccava anche il caos di dover tirar su quattro figli, Panda non aveva molte occasioni di correre. Di certo non scorrazzava quanto avrebbe dovuto. Voglio dire, era un Border collie! Buffo quel che ci ricordiamo, comunque. Con gli anni, imparai a capire quando c'era un temporale in arrivo, perché Panda apriva la zanzariera con una zampa o con il muso ed entrava in casa. Io ero seduto a fare i compiti, con la sensazione di essere osservato. Poi mi voltavo e c'era lui, quel cagnolone dagli occhi gentili.

«Ehi, Pand!» lo salutavo, con un ghigno. «Vieni a sederti vicino a me.»

Arrivò a quindici anni.

Per la nostra prima passeggiata insieme, Reuben e io andammo al mercato e poi tornammo indietro, in direzione di Centennial Park.

Un'altra differenza rispetto alla mia infanzia: l'obbligo di avere con te dei sacchettini raccogli-merda. (Non intendo approfondire l'argomento, ma mi rifiuto di chiamarli «sacchettini per la pupù»; troppo educato. Sono «sacchettini per la merda del cane».)

Comunque, se ci pensate, è molto semplice. Come dicono nelle pubblicità dell'American Express, non esci mai di casa senza. Spesso me li ritrovo nella tasca di qualche giacca, o in un paio di shorts presi dall'armadio. Magari non li porto da un anno, o giù di lì, ma potete scommetterci che in tasca c'è un sacchettino. O magari, quando sono in giro, mi ritrovo a chiedermi che cosa sia il bozzo che sento nella tasca dei jeans: un rotolino di sacchetti non utilizzati. Dico sul serio, ve li trovate ovunque, e a volte finiscono anche in lavatrice. Sono sorprendentemente resistenti.

Quanto a Reuben e me, la nostra prima corsa al sacchetto fu epica. Superammo il deposito di autobus Waverley, per attraversare all'altezza di York Road e dirigerci verso il parco. C'è un gigantesco cancello di ferro sulla sinistra, che dà accesso a quello che ancora oggi per noi è il *Campo di Reuben*. Eravamo fuori dal deposito, quando Reuben si lasciò andare sul marciapiede e... come faccio a dirlo in modo delicato? Nella migliore delle ipotesi, avevi a che fare con un milkshake rovesciato. Nella peggiore con un'alluvione monsonica.

Oh mio Dio, pensai. *Gesù Cristo!*

Lo so, nominai il nome di Dio invano per ben due volte, ma in quel momento mi parve appropriato: la scena in fondo era assolutamente biblica. Cominciai a ripulire, frenetico, un gesto abietto e del tutto inutile, ed è sempre in momenti come questi che dal nulla appaiono altri esseri umani.

Ricordo ancora quanti sacchetti dovetti usare.

Sette.

Sette sacchetti, e tutto quel lavoro servì a ben poco.

Feci comunque del mio meglio, e alla fine mi rassegnai a lasciar perdere e a proseguire la nostra passeggiata. Per tutto il tempo Reuben mi aveva guardato senza capire, come se non si spiegasse quell'agitazione e soprattutto le mie imprecazioni, mentre ero intento a pulire e mi passava tra le gambe.

Concludo lasciandovi una regola di vita.

Fate del vostro meglio, ma non guardatevi mai indietro.

Passarono settimane, poi mesi.

Un anno lasciò il posto a un altro.

Reuben cresceva e, come solitamente accade quando prendi un cane da un rifugio, ebbero inizio le supposizioni in merito alla razza. In ogni parte del mondo, razza ed età sono le domande obbligatorie, per le strade e nei parchi per cani. Persino la scorsa settimana, durante la mia passeggiata mattutina con Frost, una ragazza mi ha chiesto di che razza fosse, quanto avesse, se fosse castrato, se avesse fatto tutte le vaccinazioni. Solo dopo aver sentito le mie risposte all'intero questionario ha permesso alla sua Vizsla di avvicinarsi.

Reuben era stato presentato come un incrocio tra un Alano e un Labrador, ma abbiamo il sospetto che quel termine, «Labrador», venga buttato lì quando nessuno ha un'idea riguardo alla razza. E anche per far apparire il cane *family friendly*. «Oh, un Labrador, allora non ci saranno problemi.»

Per come la vedevamo noi, Reuben era un incrocio di sedici razze diverse, e la gente aveva reazioni forti quando lo vedeva. Per ogni persona che diceva: «Oh, ma che bello», un'altra se ne usciva con: «Senza offesa, ma credo sia il cane più brutto che io abbia mai visto». Duro, lo so, ma a me non importava, perché aveva indubbiamente un aspetto originale. A oggi, ho visto altri cani grossi con il manto striato, ma nessuno che gli somigliasse. Spesso sono screziati ma con il pelo corto, e sul ventre sono quasi imberbi. Reuben, invece, aveva una *pelliccia*. Forse non proprio bellissima, perché sembrava più la sua boscaglia personale, ma aveva un portamento unico. E chiamatela come volete, magari sindrome di Stoccolma canina, ma finalmente cominciava a piacermi.

Nel corso del 2010 iniziammo *davvero* a starci simpatici, come aveva predetto Mika.

E poi accadde qualcosa che non ci saremmo mai aspettati.

Giorno dopo giorno, Reuben diventava sempre più il mio cane.

Scrivendo questa storia, mi sono a tratti preoccupato che potesse sembrare che mi fossi preso il controllo sui cani, subentrando a Mika. Ancora oggi non so come mai divenni io il padrone dei nostri cani. Spesso c'è una spiegazione molto semplice: il cane sceglie come riferimento la persona che gli dà da mangiare. Nel mio caso, credo che a influenzare la scelta sia stato il mio essere mattiniero. Sono sempre stato il primo ad alzarsi, in tutte le case in cui ho vissuto e, quando sei l'unico in piedi, e hai un cane, tanto vale portarlo a spasso, e a quel punto magari gli dai anche la colazione. In poco tempo, lui capisce e si fa trovare pronto per te. Come disse una volta un amico, Bruce: «Io sono convinto che sentano cambiare il nostro respiro, poco prima che ci svegliamo». Forse è per questo che spesso, aprendo gli occhi nella penombra, alle cinque del mattino, mi trovavo davanti la testa di Reuben, che mi faceva cenno di andare.

Certe notti dormiva fuori, nella cuccia che avevamo comprato per lui – una cuccia bella grande – ma perlopiù si metteva sul suo letto, in casa. La mattina andavamo al parco o passeggiavamo per le strade e i vicoli della città. Quando andavo con Mika e Kitty da qualche parte, a piedi, spesso portavamo anche lui, il che a volte poteva condurci a qualche errore di valutazione da parte nostra.

A tal riguardo, vi dico che una volta lo legai fuori da Eastgate, uno dei nodi più trafficati di Bondi Junction. Una donna chiamò Mika prendendo il numero dal suo collare. Reuben sembrava piuttosto spaventato, le disse, e adesso ripensandoci mi faccio delle domande. Era troppo, troppo presto, per lasciarlo lì in una situazione del genere, e forse fu allora che lo rovinai. In quel preciso momento.

Per diverso tempo non ebbe problemi a venire a fare spese in zone molto frequentate, ma a un certo punto cominciò a essere ansioso, sempre di più. Abbaiava e minacciava le persone che erano lì per fare compere e, quando si metteva seduto, guardava sempre in una direzione precisa; la sua postura era una bussola perfetta. Il nord, per Reuben, era casa.

Prima di quel momento ci furono diversi episodi importanti.

Qualche zuffa, e alcuni riti di passaggio.

Reuben stava raggiungendo la stazza da cane adulto, ma un giorno al parco venne inseguito da una banda di Maltesi, gli unici cani davanti ai quali avesse mai mostrato paura. Giocava con i bambini e con chi veniva a farci visita. Ci furono momenti di disaccordo, naturalmente, e mettemmo insieme il consueto catalogo di insuccessi. (Il rifiuto di venire verso di noi o di restare fermo, soprattutto in pubblico, è sempre motivo di imbarazzo, ma con Reuben quel periodo durò poco. Avevamo dei rituali, e lui sapeva come rispettarli.)

Arrivammo a stabilire una routine che metteva d'accordo tutti.

Il turno del mattino era mio, e ogni giorno portavo Reuben a Centennial Park, un luogo d'incontro per i cani e per i loro padroni. Poi, nel pomeriggio o la sera, lo portavamo a spasso tutti e tre insieme.

La mattina correva e competeva con una brigata di teste calde come lui. C'erano Roo e Sam, i cui padroni erano una coppia un po' più vecchia di noi, lui somigliava a Lurch. I loro figli erano andati via di casa, e i cani erano dei sostituti viziati. C'era un'altra coppia con un cane di nome Soda (da Sodapop ne *I ragazzi della 56° strada*) e con loro parlavamo spesso dei nomi dei personaggi di libri e film, per esempio quel tizio che si chiamava Filé com Fritas* in *Città di Dio*, il libro da cui è stato tratto quel magnifico film brasiliano.

Nel weekend incontravamo una versione di Reuben a pelo corto, Thyla (con l'H muta), da *Thylacinus cynocephalus*, o Tigre della Tasmania. Pat e Clare, i proprietari, furono i primi a propormi di vederci al Campo di Reuben. I cani correvano e giocavano tutti insieme, o forse era la loro versione del lavoro. Ringhiavano, si scontravano. Giravano il muso a ogni angolazione. Erano cani con un fiato da purosangue.

Alla fine dell'incontro, chiamavo Reuben con un fischio: era il nostro linguaggio, tre brevi note. E lui veniva a mettersi accanto a me.

A maggio, Mika era incinta di sette mesi.

Reuben era particolarmente loquace e birbante. Era cresciuto, era alto e possente, ma soprattutto era in forma. Aveva il muso grande e scuro di un Pastore tedesco, e il petto di un peso medio di tutto rispetto. Quando ti correva incontro, era ciò che più ti attirava l'attenzione. Aveva l'aspetto muscoloso e tirato di un atleta, con quel corpo che stava ancora imparando a usare.

Quando camminava o correva era grandioso. Non tirava mai con il guinzaglio, per quanto ansioso fosse di uscire: all'alba era già accanto a me, pronto. Mi svegliavo e percepivo la sua sagoma, davanti ai miei occhi.

* Bistecca con patatine.

(E adesso quegli stessi occhi mi bruciano al ricordo di tutte quelle mattine, di quando mi svegliavo e gli dicevo sottovoce: «Ehi, Reub, tutto okay?»

Le prime parole della giornata le dicevo al buio, al muso del mio cane.

Se potessi, tornerei subito a quei momenti.)

La cosa che meglio definiva Reuben, tuttavia, già dall'inizio, era il suo amore intramontabile per nostra figlia. Si affezionò a Kitty dal primo giorno, e lei era altrettanto ammaliata.

È una credenza antica il fatto che quasi tutti i bambini vogliano avere un cucciolo, a un certo punto, per poi perdere presto interesse. Con mia figlia non è successo. E penso che in effetti, adesso, sia più frequente così. Gli animali sono parte della famiglia. I cani stanno di più in casa, dormono dentro. Stanno in salotto, guardano la tv, sono una costante nella vita quotidiana, e ciascuno ha un talento. Quello di Reuben era stare con Kitty. Ogni giorno c'erano un tè o un picnic.

L'unica situazione in cui non mi ascoltava era quando eravamo al parco tutti insieme. Stava con Kitty, sempre. Si metteva sempre tra lei e chiunque le fosse vicino. Non in modo minaccioso (non ancora, almeno), ma era il suo unico protettore. Ricordo una sera in particolare, in cui per qualche motivo ero andato con Reuben al parco, dove ci avrebbero raggiunte Mika e Kitty. Quando venne il momento di tornare a casa, decidemmo che io sarei andato a piedi con Reuben, mentre Mika e Kitty avrebbero preso l'auto. All'epoca non lo tenevamo al guinzaglio, ancora, e rimase al mio fianco finché riuscì. Resistette all'impulso di seguire Kitty, fino a quando non ne poté più. Allora si voltò e partì a razzo, calcolando il rischio. Obbedienza contro ribellione. Urlai, pur rendendomi conto che ormai era andato. Attraversò il traffico e le intercettò alla macchina. Io rimasi lì, schiacciato tra il mio orgoglio (voglio dire, quel bastardo mi aveva mancato di rispetto) e l'amore puro che provava per Kitty.

«Oh, Reuben!» sibilò lei, l'aria che fischiava tra i denti, o tra i buchi dove mancavano. «Reuby bello, vieni qui!»

Praticamente entrò in auto con una capriola: quel dannato cane era diventato un ginnasta. Quindi si sedette dietro, con Kitty, e i due si fecero le feste, lui con le mannaie che aveva al posto dei denti e lei con il tipico ghigno da bambina, in cui denti tozzi come plinti si alternavano a fessure.

«Ehi» fece Mika, rivolta a me «tu vieni con noi?»

La guardai con finto disgusto. «Pare che non abbia molta scelta.»

Volete sapere quale fu la prova ultima – e anche la mia preferita – dell'amore che Reuben nutriva per Kitty?

Credo che all'epoca nulla fu più rivelatore di quello che accadeva quando eravamo a spasso, e lei chiedeva di portarlo a passeggio. Allora noi le davamo il guinzaglio mentre chiamavamo Reuben.

«Ehi, Reub... adesso ti porta Kitty.»

Lui si fermava, si voltava per dare un'occhiata e capiva, rallentando il passo per adattarlo al suo. Camminava tranquillo, accanto a lei, e di tanto in tanto si girava a guardarla.

Voleva assicurarsi che fosse felice, e al sicuro. E che stesse bene.

Andammo avanti così fino a giugno.

A giugno, si avventò sull'idraulico.

Quando hai un cane, passi gli anni a elaborare e ad affinare le risposte alle domande e ai commenti più frequenti. Con Reuben e Archer, quando qualcuno diceva: «Che bei cani» io rispondevo: «Grazie, mi hanno rovinato la vita». Se la persona in questione restava sorpresa, le dimostravo che stavo scherzando aggiungendo: «Nel miglior modo possibile, ovviamente!» Ci facevamo una risata, e continuavamo a camminare.

Quando mi chiedevano di che razza fossero Reuben e Archer, spesso indicavo Archie e dicevo. «Be', lui probabilmente è un incrocio tra un Labrador e un Levriero». Poi agitavo la mano verso Reuben: «E lui è almeno otto cani diversi, credo... tutti irascibili e nervosi». Se ero dell'umore giusto, formulavo una risposta composita. «Sono di una razza speciale, creata per distruggerti la vita.»

Ma anche in questo caso sorridevo, e quasi mi lasciavo andare a una risata.

L'amore non è sempre gentile.

Oggi, a tanti anni di distanza dalla vita e dalla morte epica di Reuben, più penso a lui e più sono certo che riunisse sei prototipi principali, in percentuali diverse.

Alano e Mastino.

Cane lupo e Pastore tedesco.

Levriero e, forse, lupo mannaro.

E si lasciava andare a dei versi che ricordavano Chewbacca.

Ricordo un pomeriggio a Centennial Park. C'erano una madre con la figlia piccola, una bimbetta bionda con la divisa della scuola. Non riuscivano a richiamare il loro Bracco tedesco, una femmina. Reuben era impegnato come al solito a dare il tormento ad altri cani, senza mai allontanarsi troppo.

Era corso via con il Bracco e, mentre madre e figlia si sforzavano di farla tornare, con crescente frustrazione, sottovoce ordinai a Reuben di venire da me e, quando il Bracco lo seguì, l'afferrai, per poi restituirla alle sue padrone, che furono incredibilmente grate.

Il giorno dopo, le cose andarono diversamente.

Mamma e figlia erano di nuovo al parco, e Reuben e il Bracco si rincorrevano. Reuben cominciò a fare un po' di chiasso, una delle sue versioni più informali di Chewbacca. Nella sua scala di minacciosità era probabilmente a metà, più o meno, tra una calma conversazione in Wookie con Han Solo e lo strangolamento di Lando Calrissian.

«Ehi, il suo cane è violento!» mi gridò la donna. «Faccia qualcosa!»

Si ricorda di me, giusto? mi chiesi.

Chiamai Reuben, che venne subito.

Quindi mi scusai, anche se in cuor mio ero furioso. *Bel ringraziamento per avervi aiutate, ieri.* «Mi dispiace, si è messo a fare un po' di baccano» dissi, prima di entrare nel folto degli alberi. Suppongo che ogni tanto sia difficile capire la differenza tra un cane violento e uno chiassoso, e mi rendo conto che l'impressione non è mai positiva.

Quando un cane fa andare la bocca vicino alla gola di un altro cane, avere l'aspetto di Reuben non aiuta.

Quando andammo via, camminò accanto a me come il lupo in *Cappuccetto Rosso*. Che orecchie alte, pensai, alte e vigorose. E che ringhio galattico, fa davvero paura!

All'ombra era difficile vederlo, si uniformava a quello che aveva intorno.

Si vedevano solo i denti, quando sorrideva.

Uno dei particolari più curiosi, riguardo al pendio all'interno di Centennial Park e alla sua piatta distesa sul fondo, è che fu proprio lì che l'Australia divenne il *Commonwealth of Australia*, ossia la nazione che è oggi agli occhi del mondo. Il 1° gennaio del 1901, la cerimonia con cui si costituì la federazione si svolse proprio lì. Oggi c'è un monumento circolare, in stile romano, una sorta di mini pantheon al centro del prato, vittima di un destino orribile e disgustoso: essere annaffiato dall'urina dei cani.

Mi domando che cosa dica questo del nostro Paese.

Una parte di me si chiede: Gesù, non c'è proprio niente di sacro? Ma l'altra parte trova che sia farsescamente perfetto, o forse soltanto appropriato, considerando il nostro passato. Un grande Paese dalla storia tormentata. Uno scrittore come Kurt Vonnegut avrebbe saputo esattamente cosa dire, basti pensare al trattamento riservato alla bandiera a stelle e strisce ne *La colazione dei campioni*. Quanto a me, posso solo osservare che forse non c'è davvero nulla di sacro a Sydney, certamente non dal punto di vista dei suoi cani.

Così va il mondo.

Naturalmente, uno dei cani la cui storia era ambientata lì, in quel pendio all'interno del parco, era la bestia che stavo imparando ad amare.

Qualche piccolo fatto su Reuben.

Non piaceva ai Pastori tedeschi.

Il suo aspetto bastava a procurare guai, al parco. Come ho già detto, il grosso muso nero mi ricordava quello di un Pastore tedesco, e così pure il resto del capo, con le sue sfumature brune e color sabbia. A volte mi chiedo se fosse quello il motivo per cui non aveva la loro simpatia. Se c'era in giro un cane di quella razza, gli faceva capire subito che la sua presenza non era gradita. Si rendeva conto che era un po' come lui, ma non esattamente. Era una copia, un furfante.

Se ce n'erano due, lo menavano.

I proprietari li richiamavano, si scusavano. Con un gesto della mano, facevo capire che era tutto okay, e lo era davvero, perché anche Reuben poteva diventare difficile da gestire. E poi, nel loro manuale interiore i cani non hanno una regola che gli dice di essere sempre gentili. Se la situazione si surriscaldava un po' troppo, e Reuben le prendeva, ero pronto a intervenire, sempre. Solo una volta lo vidi sedersi e guardare nella direzione opposta. *Basta*, stava dicendo. *Non ce la faccio più.*

Riguardo al secondo punto, al combinare guai, a «smuovere merda», come preferisce dire mio padre, a volte andavamo giù per il pendio e sembrava di stare in una cartolina. I cani si sollevavano sulle zampe posteriori, se la spassavano, giocavano sereni; i loro padroni chiacchieravano cordialmente, sorseggiando un tè o un caffè da asporto.

Poi arrivava Reuben... e tutto cambiava.

Tra i dodici e i venti cani cominciavano all'istante a inseguirlo, abbaiando senza sosta. Reuben chinava il muso da un lato, mentre studiava quella folla inferocita e correva frenetico verso di me.

Merda, amico, vogliono me!

Il branco cadeva e ruzzolava.

Lui ci saliva sopra.

Poi si rimetteva a correre, descrivendo un arco attorno al monumento.

Una volta una donna osservò, in tono scherzoso: «Non è difficile capire chi sia il maschio alfa, qui», e io non risposi. *È bastata la sua presenza!*

Detto ciò, la cosa peggiore con cui dovemmo fare i conti in quel periodo fu una virulenta epidemia di verruche. Avete mai visto quelle che vengono intorno alla bocca di un cane? Fanno abbastanza effetto, soprattutto in un cane come Reuben. Le grosse mascelle nere sembravano copertoni bagnati e sdrucciolevoli. Il termine «infestazione» non rende nemmeno lontanamente l'idea. Aveva uno sfogo – o un ginepraio di cirripedi – su labbra e lingua, e in gola. Per fortuna, in confronto alle verruche di noi umani, passano molto più in fretta, anche se impiegarono un mesetto intero.

Quanto all'infelice prospettiva che Reuben potesse cambiare e trasformarsi in un altro cane, il momento si stava avvicinando.

Arrivò l'inverno, e andava tutto bene. Reuben non era certo un santo, era grande e grosso, impudente e generoso. Passava ancora tanto tempo con Kitty, per strada adattava sempre il passo al suo. Era gentile anche con gli altri bambini, anche se ogni tanto ovviamente mostrava un po' troppo entusiasmo. Ma nulla nel suo atteggiamento faceva pensare a un cane cattivo o pericoloso. Era un giocherellone, saltava e rideva.

In effetti, forse una sorta di avvertimento ci fu, perché, qualche mese prima, dopo che Dana, Daniel e le loro figlie, Noa e Zoe, erano venuti a trovarci, di ritorno a San Francisco, le bambine, che avevano all'incirca otto e sei anni, avevano inventato una canzoncina che faceva così: «*Reu-ben, non ucciderci! Reu-ben, non ucciderci!*»

L'avevamo trovata tutti molto divertente, finché non avvenne la svolta.

Sydney non è famosa per i suoi inverni inclementi, ma casa nostra era fredda, sempre. Era magnifica in estate, ma persino in primavera e autunno, quando fuori si stava bene, in casa era ancora inverno. Decidemmo di far installare un impianto di riscaldamento.

Ci ritrovammo con gli operai per casa, e con parecchio baccano, ma al di là di questo non sembravano esserci problemi. Un pomeriggio, non ricordo per quale ragione, dovemmo uscire, e Reuben rimase a casa con gli uomini che stavano lavorando. Probabilmente era fuori, nel giardino, ma gli operai entravano e uscivano di continuo. Comunque, andò tutto bene.

Poi, una mattina grigia e fredda, il capocantiere tornò ad apportare gli ultimi ritocchi, e fu allora che il nostro mondo si disintegrò. Aveva già incontrato Reuben, quando ci aveva fatto il preventivo e poi durante i lavori. Questa volta, però, si trovò di fronte un altro cane.

Mi vedo ancora quel poveretto paralizzato, appena superata la porta, mentre Reuben faceva il suo ingresso, possente. Lo sguardo nei suoi occhi diceva tutto: l'oro delle pupille era illuminato da dentro. Era da qualche altra parte, il torace e le zampe chini in avanti... pronto.

E il modo in cui abbaiò.

La bocca traboccò, i latrati invasero la stanza.

Calore, fuoco, la sua gola preannunciava quello che sarebbe stato l'esito. Mika e io eravamo sgomenti e, prima che avessi il tempo di dire qualcosa, Reuben si sollevò sulle zampe posteriori e si lanciò sul poveretto, attaccandolo. Non gli strappò i bottoni della camicia, ma ci andò spaventosamente vicino, e restammo tutti scioccati. Gli arrivò naso a naso. Non ricordo più se gli lasciò una macchia di saliva sulla camicia ma, quando ci ripenso, nella mia immaginazione la macchia c'è sempre. Il capocantiere non era stato morso, ma i denti gli erano arrivati molto vicini alla carne, forti, bianchi come ossa. Dalla forma lunga e curva.

Mika e io urlammo, in stereo.

«Reuben! Reuben, basta!»

Reuben si staccò subito dall'uomo, che perdonò il gesto nonostante lo spavento.

«Maledizione» esclamai. «Sono mortificato, sta bene?»

«Oh, sì, è solo molto protettivo... bada alla casa, e a voi.»

«Sì ma... merda, mi rincresce davvero.»

Lui si ricompose subito. «Non ci pensi, è tutto a posto.»

Da Reuben giunse un ringhio post aggressione.

Un altro passo, amico, e vedrai cosa succede.

Mika e io ci scusammo una dozzina di volte, forse anche di più.

Speravamo fosse stato un comportamento anomalo, un caso isolato.

Invece no.

Facevamo fatica a spiegarci quello che era successo.

Reuben era castrato, così come tutti i nostri cani.

Non aveva mai mostrato un'indole malvagia, ma a quell'episodio ne seguirono altri. Prima, quando qualcuno per strada lo accarezzava, anche senza chiedere il mio permesso, Reuben si prestava, felice. Adesso c'era il rischio che ringhiasse o, peggio, che guardasse le persone con *quegli occhi*.

Ti piace molto la tua mano? Perché altrimenti, se vuoi, posso lasciarti con un moncherino.

Ma era sempre un cane che amava i suoi simili.

Adesso, ogni tanto gli scattava qualcosa nel cervello. Se vedeva qualcosa che non era di suo gradimento, correva a buttarcisi sopra, e poi a lavoro fatto tornava trotterellando. Certo, c'era di peggio, era più che altro un comportamento insubordinato, e io mi scusavo con il proprietario; la metà delle volte, però, non ricevevo nemmeno risposta. Guardavano il cellulare, persi in altri mondi. E io rimettevo il guinzaglio a Reuben. E lo facevo marciare fino a casa.

Mika e io riflettevamo.

Era colpa nostra?

Lo stavamo facendo diventare un cane cattivo?

Lei era vicina al parto, ormai, ed è tutta un'altra storia, che però ha attinenza con quella di Reuben.

Che cosa posso dire dell'arrivo di nostro figlio Noah?

Nacque all'inizio di luglio, in una mattina di sole ma ventosa.

Come Kitty, non impiegò molto a venire al mondo.

Reuben pensava che fosse cibo.

Sì, avete letto bene.

In breve, se lo voleva mangiare.

Erano passate da poco le cinque del mattino, era ancora buio e andammo in ospedale, e quando Noah nacque si era fatto giorno. Venne alla luce felice. So che la sto facendo sembrare semplice, perché i momenti di agonia ci furono, com'è normale durante un parto: il sangue, la carne, l'adrenalina... quella linea sottile tra bellezza e barbarie. Per usare un eufemismo, Mika fu un'eroina. Per dirla in modo schietto, cito le parole di un'infermiera che venne in stanza più tardi, quella stessa mattina, e le chiese: «È lei che è uscita dalla vasca e ha attraversato la stanza con la testa già fuori?»

Mika guardò me, e io annuii; l'infermiera continuò: «Gesù, lei è fatta d'acciaio».

In un capitolo precedente, forse ho detto che Kitty era una tipetta tosta, ma era facile capire da chi avesse preso. Dopo un evento come il parto, tu uomo ti senti abbastanza ridicolo. Prendi l'ascensore per tornare al parcheggio. Ti siedi in auto, senza parole. Solo pensieri...

È stato folle, ti dici. *Incredibile.*

E, naturalmente: *Grazie a Dio non tocca* a me *farlo.*

Durante i pochi giorni che Mika trascorse in ospedale, mettemmo in pratica tutti i consigli che si danno ai genitori di un neonato che possiedono un cane. La teoria predominante è che si debba portare a casa un indumento usato dal piccolo da far annusare al cane, perché si abitui all'odore. Pare che questo serva a mandare un messaggio.

Il bambino sta per arrivare, quindi sii amichevole e concedigli un po' di spazio. Il suo odore ti piace*, lo adorerai!*

Ogni volta che tornavo dall'ospedale, facevo annusare a Reuben qualunque cosa appartenesse a Noah, una tutina, una canotta, uno scialle. Lui annusava felice.

Credo che non avrà problemi, pensai.

In verità, problemi ne aveva, eccome.

Sarò onesto, non gli si avventò addosso con ferocia, ma non si trattò nemmeno di un semplice colpetto curioso. Non si avvicinò troppo, se la memoria non m'inganna, ma ricordo che si mise a ringhiare a quell'oggettino sconosciuto, all'inizio come se non lo gradisse, e poi come se lo considerasse qualcosa da mangiare.

Quello che abbiamo capito, a posteriori, è che ogni neonato è diverso dagli altri, com'è ovvio. Questo libro, comunque, non sottintende che io sia un esperto di cani e pensieri canini: penso sia chiaro dalla prima riga. Ho imparato, però, che per alcuni cani i neonati non hanno un odore umano. Sono tutt'altra cosa, e per qualcuno questo significa che possono essere anche cibo.

Essenzialmente, Mika era sul divano e teneva Noah in braccio. Reuben si avvicinò, curioso, poi cominciò a ringhiare e si fiondò sul bambino. Voleva attaccare, questo era evidente. Ma ricordate quando ho detto che non esiste furia all'inferno paragonabile a quella di un uomo in guerra con il suo cane? Be', in confronto all'amore e all'istinto di protezione di una madre, soprattutto una che ha appena partorito, l'inferno diventa una banalità. In qualche modo Mika circondò Noah con il suo corpo, e allungò una mano verso il cane.

«No! *Reuben... NO!*»

Lui si fermò, indietreggiò e si mise seduto. Poi abbassò la testa e andò via, prima di tornare a distendersi ai piedi di Mika. Non lo fece mai più. Come poi ci diede modo di vedere – e per essere giusti nei suoi confronti – Reuben era uno studente capace; in ogni caso non ve ne farei una colpa se ci consideraste due schizzati. In molti ci dissero, dopo: «Ve ne sareste dovuti sbarazzare in *quel* momento, quando si è avventato sul piccolo!»

E forse avremmo dovuto farlo, sì.

Oltre alla preoccupazione per i nostri figli, e per la loro sicurezza, ci avrebbe risparmiato tante altre prove, tanti sfortunati incidenti e fatture spaventose dal veterinario.

Ma dovete credermi quando vi dico che Reuben era uno di noi. E non avremmo potuto abbandonarlo.

(E quelle voci le sento ancora: «Sì, invece, avreste dovuto! Cosa siete, due maledetti dementi?!»)

Ma no, non avremmo mai mollato con lui.

Confidavamo nella sua capacità di imparare.

Eravamo convinti che per Kitty fosse l'amico migliore del mondo. Che cosa le avremmo detto? «Ci dispiace, piccola, di' addio al tuo cane.»

Be'... no.

Dovevamo tenerlo con noi. Ci prendemmo quella responsabilità, promettemmo di amarlo, e avevamo tutta l'intenzione di farlo. Mika, che considera l'amore e l'innocenza degli animali superiori a quelli umane, non accennò neppure all'idea di liberarcene. C'era il suo amore di mamma per i bambini, certo, ma valeva la pena di difendere anche l'amore per gli animali.

In fondo ai nostri pensieri – e al tempo stesso in primo piano – c'era il ricordo delle tragedie sentite al telegiornale: cani di famiglia che avevano ferito gravemente una persona, o peggio. (Diciamo le cose come stanno, qualcuno ci ha rimesso la vita.) Ma c'è sempre l'incrollabile convinzione: «Non siamo noi quelle persone». E l'idea: «Noi non permetteremo che accada».

Ed è allora che ti prendi il vero impegno.

Lo osservavamo costantemente. Meticolosamente. Lo tenevamo sempre sotto stretta sorveglianza, e alla fine fummo testimoni di quello in cui avevamo sperato. Lo vedemmo amare Noah come aveva amato Kitty, con onore e infinito senso del dovere.

E noi? Mika e io?

Okay, lo ammetto, è possibile che ci illudessimo. Chi mai avrebbe potuto tenere quel cane, se non noi? Di sicuro non c'era nessun altro all'altezza di un compito simile. Ci era fedele, e noi saremmo stati leali a lui. Sarebbe andato tutto bene... ce lo meritavamo.

Ma quante verità universali, con i rispettivi contrari, possono colpirti in una sola volta? Il modo più sicuro per *non* ottenere qualcosa è pensare che ti sia dovuta, in qualche modo.

Prendi un cane.

Il cane è problematico.

Fai una buona azione e lo tieni. Non lo molli alle prime difficoltà... Oh, sì, avete fatto la cosa giusta, certo. Un buon karma torna sempre indietro.

E una buona azione non resta mai impunita.

Il cane che mi mise al tappeto

Non c'è un modo non umiliante per raccontarlo.

Nel gennaio del 2011, Reuben mi mise al tappeto, al parco.

Mi colpì al ginocchio, e io finii a terra, secco.

È *questo* che chiamo un karma positivo.

Ancora oggi, dopo tanti anni, amo Reuben, mi manca terribilmente... ma lo devo dire. Era un vero *bastardo.*

Uno degli aspetti più belli dello scrivere libri, in mezzo a tutti i dubbi, i timori e le storie lasciate a metà, è il modo in cui impari a conoscere le tue ossessioni, quelle evidenti e quelle nascoste. Ci sono dei fili conduttori che compaiono in ogni cosa che ho scritto, o quasi.

La corsa e l'allenamento.

I colori e il cielo.

Le storie dentro le storie.

E gli animali, e con animali mi riferisco soprattutto ai cani.

Pensate ai titoli originali dei miei primi tre libri: *The Underdog*, *Fighting Ruben Wolfe*, *When Dogs Cry**. In tut-

* In italiano pubblicati come: *A 15 anni sei troppo vecchio*, *Vorrei essere mio fratello* e *Il cielo è fatto di lei e di me*.

to quello che ho pubblicato, o quasi, ci sono dei cani, come personaggi principali o in piccoli ruoli cameo. In *Io sono il messaggero* c'era un cane che beveva caffè, il Portinaio. (Uno dei personaggi preferiti tra tutti quelli che ho inventato, anche se ho rischiato di avvelenarlo con la caffeina.) Nella trilogia dei Wolfe c'è il Volpino Miffy, vittima di un attacco di cuore. Poi c'è Rosy, il Border collie ne *Il ponte d'argilla*. E ci sta alla perfezione che l'unico libro in cui mancano dei cani sia *Storia di una ladra di libri*, dove appare solo un gatto con i baffi piegati, ispirato a Brutus. A parte questo, i cani sono stati una parte essenziale della mia personalità di scrittore. Li ho dipinti con cura e devozione, ho parlato di loro con amore e gioia, il che ci porta necessariamente a una domanda: questo a che cosa mi dà diritto, nella vita?

E la risposta, ovviamente è: a niente.

Quando immaginavo di prendere il mio primo cane, la mia mente aveva sempre evocato scenari ottimistici, di cani che avrebbero sacrificato la vita sull'altare della lealtà. Cani che mi seguivano ovunque. Cani grandi, dal pelo dorato. E queste cose le ho avute, sul serio, ma non è il quadro completo.

Ad oggi, i doni che ho ricevuto sono stati molto più grandi e preziosi, perché un cane perfetto, al pari di una vita perfetta, è una noia mortale. Volete che il vostro cane sia ignorante, tutto arruffato, incivile? Certo che no. Volete che si rotoli tra feci umane nei cespugli al parco che ne sono pieni? Credetemi, è l'ultima cosa che potreste desiderare al mondo: e ne ho dovuti strofinare, di colli e collari, io.

Ma arrivo al punto.

Vogliamo che il nostro formidabile meticcio di quasi

quaranta chili, perfettamente in forma, ci si lanci addosso prendendoci sul fianco e ci scaraventi a terra mentre teniamo in braccio nostro figlio di sei mesi?

Rispondere è del tutto inutile.

Era una mattina nuvolosa.

Quando accade un incidente tendo, come probabilmente fanno molte persone, a domandarmi se le cose sarebbero potute andare diversamente, se avessi fatto una scelta diversa. E quella mattina, poco prima delle sei, di scelte ne avevo fatte ben due.

Come prima cosa, mi preparai un caffè prima di portare fuori Reuben, quando di solito aspettavo di essere rientrato per prenderlo. In secondo luogo, quando portavo Noah, e lo facevo di rado, lo tenevo in braccio, con il braccio destro, mentre Reuben era al guinzaglio, che stringevo nella mano sinistra. Poi lo lasciavo libero, al parco. (Andare con Noah non creava mai problemi, e tenerlo in braccio era più semplice che spingere un passeggino, per via di erba, radici e sassi.) Questa volta, tuttavia, avevo finalmente capito come usare il marsupio, e Noah era legato al mio petto. Forse, se non avessi fatto una di quelle due scelte, avrei superato la mattinata senza perdere i sensi.

Intorno alle sei e un quarto, scendemmo giù per il pendio dei cani, a una cinquantina di metri dal monumento. C'erano una manciata di persone, con i loro amici pelosi. Io stavo parlando con una donna di nome Valerie, che intanto chiacchierava anche con Noah. Di solito non perdevo d'occhio Reuben, ma quella mattina ero distratto.

Immaginate di essere colpiti a un ginocchio da una sbarra di ferro, o dall'accetta di un taglialegna.

Tale fu la forza dell'impatto, quando Reuben mi venne addosso.

Lui e il cane di Valerie, una femmina di Ridgeback che portava il nome innocente di Bertie, erano arrivati di corsa verso di noi. La testa di Reuben fu più letale della criptonite; finii a terra, battei la testa e persi i sensi.

Prima di vedere tutto nero, riuscii a chiedere: «Lui sta bene?» mentre tentavo di capire se Noah fosse illeso.

Quando mi risvegliai, stava saltellando allegramente tra le braccia di una ragazza di nome Molly, mentre Reuben, per mostrare tutto il suo amore e la sua gratitudine, stava ancora correndo come un pazzo con Bertie.

Come se la mattina non fosse già stata abbastanza mortificante, mentre riprendevo conoscenza, qualcuno chiamò un'ambulanza. C'erano ranger del parco, altre persone, cani che andavano in ogni direzione e Noah che rideva come un matto. Quando mi rimisi in piedi, ebbi difficoltà a rimanerci o a camminare, e la situazione stava per peggiorare ulteriormente.

Una persona presente avvertì Mika, che era ancora a letto con Kitty.

Quando arrivarono, fu Mika a convincermi a salire «su quella dannata ambulanza, okay?» e io obbedii e mi sentii un idiota. A quel punto, sapevo con certezza di poter camminare.

Prima di partire, ci facemmo dare il numero di Molly, e qualche giorno dopo le mandammo un regalo (un taccuino con illustrazioni di Shaun Tan, ce l'ho ancora davanti agli occhi. Quando si tratta di ricordare una storia umiliante, la nostra memoria è acuta come in nessun'altra occasione). In ambulanza presi una decisione, in mezzo a quel pantano di vergogna e imbarazzo, ma fu una decisione che non sarei mai riuscito a rispettare.

Con Centennial Park avevamo chiuso.

Non potevo più tornarci.

Ma che cosa rappresentano momenti come quello che ho appena descritto, o Reuben e i cani come lui? Comunque li consideriamo, sono doni, e non smettono mai di regalarci qualcosa.

La vita, quando non va secondo i piani, ci offre le nostre storie più belle; e quell'incidente fu una specie di regalo, e con Reuben segnò solo l'inizio. Durante l'anno che seguì, avrebbe subìto il primo di due interventi di ricostruzione al ginocchio, a cinquemila dollari l'uno. Poi, a chiudere l'intera vicenda, quasi dieci anni dopo, nel mese di giugno del 2020, quando ormai Reuben non era più con noi, alla fine dovetti sottopormi alla stessa operazione anch'io, a causa di quella fatidica mattina a Centennial Park. Era tutto molto in stile Reuben. Me l'aveva fatta persino dalla tomba, e gliene sono grato ancora oggi. Sono grato anche del fatto che fui io a farmi male, e non Noah o qualcun altro. Quella avrebbe potuto essere una catastrofe. In tutta onestà, gli volli addirittura più bene, a partire da quella mattina, quando tornai dal giretto in ambulanza dopo il rapido controllo in ospedale. Lui era di nuovo in casa, e mi passò accanto in cucina, pestandomi le dita dei piedi nudi. Il riflesso mi mandò in fiamme il ginocchio, e feci un tale salto che quasi arrivai al soffitto.

«CHE CAZZO CI FA IL CANE QUI DENTRO?!»

Ma a quel punto era piuttosto ovvio.

Sapevo esattamente perché Reuben era in casa, in cucina, nella mia vita.

Quel cane era nato per regalare storie.

Per darci amore e progettare il caos.

E altre cose ancora sarebbero arrivate.

Parte seconda

Reuben e Archer

Il cane che mio padre soprannominò Lucifero

Dopo il ko al parco, la vita andò avanti: non è sempre così? Il mio orgoglio però ne era uscito ammaccato. A volte è difficile rimettere tutto a posto, e ti ritrovi a chiederti se ce la farai a uscire ancora di casa. In altri momenti ho la sensazione che buona parte della mia esperienza consista nell'imparare continuamente che l'umiliazione è un problema del tutto personale. A nessun altro importa, in realtà.

Il tuo cane ti atterra in pubblico?

Eddai, fa ridere!

L'ultimo libro che hai pubblicato ha ricevuto una recensione orribile?

Peccato, amico, adesso però passami il sale.

Siamo solo noi a soffermarci e a rimuginare su quei momenti, il mondo va avanti in nostra assenza finché non ci lasciamo persuadere a tornare nel flusso, o finché qualcuno non ci trascina dentro di nuovo. Alcuni, i più coraggiosi, trovano il trampolino più vicino e si tuffano subito nel gorgo.

L'episodio al parco fu significativo anche per altri aspetti, e lo è soprattutto ora. Oggi lo vedo come una linea di separazione, come il primo esempio reale di un caos più autentico e amplificato. I cattivi comportamenti di prima erano una cosa, ma questa era una disfunzione destrutturata. Anarchia progettata, potrei dire. Ambulanze. Ospedale. Neonati caduti. Vittime di concussione. Ranger. Attenzione pubblica. Bertie, la maledetta Ridgeback!

E l'incidente aveva segnato un altro passo verso l'entrata in scena di Archer.

Nei mesi successivi feci qualche seduta di fisioterapia per il ginocchio, e il trattamento funzionò anche se non risolse del tutto il problema; Reuben e io tornammo amici. In verità, quest'ultima parte fu quella che accadde per prima, in ordine di tempo. Non riuscii ad avercela con lui per più di un giorno. Alla fine, tornammo persino a Centennial Park. (Ci sono molte altre opzioni, dove viviamo, una su tutte Cooper Park, che è più scosceso e assomiglia più a una foresta pluviale, dove vado quasi ogni giorno con Frosty.) Comunque, per settimane feci fatica a camminare, e fu Mika a portar fuori Reuben. Essendo più civilizzata di me, usciva più tardi la mattina; presto però raggiunsi il mio limite, e ignorai la piccola lacerazione al ginocchio, che guarì, anche se mai del tutto.

Spesso dimentico i momenti belli, quelli veramente grandiosi!

Dopo l'iniziale scetticismo nei confronti di Noah, confermo che Reuben sviluppò per lui un amore incondizionato. E continuò ad amare e a proteggere Kitty, che era ancora la sua compagna di giochi. A tal riguardo, devo dire che la sua gentilezza lasciava di stucco. Le prendeva i biscotti dalle dita tirandoli su con il naso: a vederlo, avreste pensato che non avesse i denti.

Ripresi ad apprezzare le nostre passeggiate all'alba, e poi nel pomeriggio. Sì, zoppicavo un po', ma anche quel dolore sbiadì fino a diventare un lieve fastidio con cui si può convivere. Uno degli aspetti più utili del fatto di prendere un cane è che ti costringe ad alzarti dal letto ogni giorno, anche quando non ne hai proprio voglia. Se stai male, ti obbliga a darti una mossa. Se sei giù, ti tira su. Non c'è personal trainer migliore sul pianeta.

Ci sono momenti che rivedo come una proiezione di diapositive, e immagino sappiate a cosa mi riferisco: siete a casa di qualcuno, in salotto, si spengono le luci e vi ritrovate a guardare immagini della loro infanzia o delle loro vacanze negli anni Sessanta, Settanta, Ottanta. Il *clic* e poi quel movimento circolare. E appare l'immagine successiva sulla parete, o su un lenzuolo.

Guardo Reuben scucire un pallone da football, punto dopo punto, per poi accanirsi sul cuoio. Mastica legnetti fino a polverizzarli in briciole di pane. Raccoglie gigantesche fronde di palma lunghe qualche metro, e le lancia. E tutto questo riesce a farlo in un solo giorno.

Poi c'è uno dei nostri scatti preferiti: lui disteso sul letto mentre sogna di correre, le zampe che si muovono e si ingarbugliano. Anche da fermo, valeva la pena di osservarlo. Le zampe spesso mi ricordavano altro, soprattutto legna da ardere. Era un cane fatto di corteccia e di rami.

Ma, di nuovo, il pendolo oscilla, perché le cose positive si portarono dietro un bagaglio fatto di atti di violenza saltuari, come la volta in cui calpestò un Cocker spaniel o quella in cui si lanciò contro un Barboncino nano. Nessuno si fece male, ma io ero sempre molto duro nel rimproverarlo, con parole feroci e guinzaglio corto. Allora mi guardava con gli occhioni di Ih-Oh, ma non c'era spazio per la pietà: con i cani come Reuben, devi mostrare che stai facendo sul serio.

Una domenica mattina vennero a trovarci degli amici,

James e Mardi, due scrittori, con le figlie. Avete presente quegli amici che non si conoscono poi così bene? Le bambine erano più o meno coetanee dei nostri.

Ricordo che nessuno uscì nel giardino dietro casa, perché faceva freddo e piovigginava. Reuben era fuori, sulla veranda coperta, e ogni volta che la figlia di due anni della coppia si avvicinava troppo alla porta, avevi quasi paura che potesse sfondare il vetro.

Credo che James e Mardi fossero terrorizzati. Non sono più venuti a farci visita, dopo quella volta. Spero che non sia stato perché avevamo un *cane cattivo*. Semplicemente, a volte la vita va così, anche se di sicuro Reuben non aiutò, per non dire altro.

La storia che preferisco, di quel periodo, fu quella di mio padre che venne a stare da noi, verso la fine di luglio. Papà è un imbianchino in pensione, e stava ritoccando il telaio di alcune finestre che avevamo fatto riparare da poco. Due sono i ricordi che mi sono rimasti impressi.

Il primo: quando mi vide sul divano a leggere un libretto a Noah, che aveva compiuto da poco un anno, mi disse: «Sei un papà migliore di quanto lo sia mai stato io... io non ti ho mai letto nulla».

«E guarda il risultato» gli risposi. «Sono diventato uno scrittore.»

Tralasciai di dirgli che c'erano libri ovunque, in casa nostra, quando io e i miei fratelli eravamo piccoli. Ero ammirato quando sentiva qualcosa al notiziario e andava a cercarlo nella sua amata *Encyclopedia Britannica*. «Dov'è questo posto?» borbottava tra sé e sé, oppure esclamava: «Quando è ricominciata quella dannata guerra?» mentre camminava per il salotto con la tuta da lavoro. Se sono diventato scrittore, in verità, è stato perché credevo alle bugie nelle storie che leggevo: mi lasciavo catturare dai romanzi e *li vivevo*. Dico spesso che amo i film perché posso *vedere* i personaggi; e che amo i libri perché posso *diventare* i personaggi. E aiutò molto il fatto di aver scoperto, già durante la mia infanzia, che esistevano persone che ci tenevano ad avere dei libri in camera, in cucina, in salotto, anche sparsi in giro. Persino il «Reader's Digest», che papà leggeva in bagno, mi faceva capire che le storie erano importanti.

Sì, so che avrei dovuto dirgli tutte queste cose, e tante altre, anche perché l'unica lezione che continuo ad apprendere come genitore è che non puoi costringere i tuoi figli ad amare quello che ami, o quello che tu *pensi* dovrebbero amare. Avrei dovuto dirgli che era stato un padre perfetto, lasciando qualche idea qua e là con la speranza che i suoi figli ne raccogliessero una. Tra i miei fratelli sono stato il più fortunato, perché a me sono toccati i libri. Ma è tutto relativo, naturalmente.

Il secondo ricordo è legato ai cani.

Poteva essere altrimenti?

Il mio povero e vecchio papà, che all'epoca aveva settantotto anni (mentre scrivo ne ha quasi novantuno) si alzò di notte per andare in bagno. E il mattino dopo disse: «Avete sentito? Quando mi sono alzato per fare pipì?»

Eravamo seduti al tavolo della cucina, lui con la sua tuta macchiata di pittura e una camicia di flanella, i capelli d'argento e l'aria maliziosa come sempre. Sorrideva,davanti al suo caffè.

«Stanotte?» chiesi. «Che cos'è successo?»

Forse non mi aveva mai letto nulla, quando ero bambino, ma è un narratore nato. Ha sempre saputo come ottenere un effetto drammatico.

«Be', come sai» ed ecco la battuta d'entrata, la voce decrepita che si disintegrava «*ormai sono solo un anziano*, e immaginerai di certo che la notte devo alzarmi due o tre volte per fare pipì.» Qui si mise a ridere, si stava divertendo un mondo. «Solo che, quando sono uscito nel corridoio, in fondo ho visto questa sagoma scura e in ombra, come un gargoyle... e ringhiava... e aveva questi due occhi gialli che brillavano, e mi guardava truce...» La sua voce si fece più intensa, ma anche più sommessa, e le sue ultime parole uscirono in un sussurro. «Mi guardava truce... come Lucifero.»

«Merda. Avresti dovuto chiamarmi subito.»

«Non potevo, ero paralizzato!»

«E che cos'hai fatto, allora?»

Di nuovo, quel sorriso da mascalzone. «Ho fatto un passo avanti, e lo stesso ha fatto lui. E ho detto: "Reuben, sono io, Helmut", e lui si è girato e se n'è andato.»

«E, quando sei uscito, era di nuovo lì?»

«No, e credimi se ti dico che ho guardato bene. Doveva essersi rimesso a dormire. Ma permettimi di aggiungere che, due ore dopo, quando ho avuto di nuovo bisogno del bagno, ho deciso di aspettare che facesse giorno.»

«Gesù, papà, mi dispiace tanto!»

«Nah» fece lui «è stato divertente... be', più o meno, anche se ho avuto paura di morire...» Quindi si chinò verso di me con aria solenne, con la tazza di caffè in mano. «Da questo momento in poi, tuttavia, lo chiamerò Lucifero.»

«Va bene, papà, mi sembra giusto.»

E, fedele a quanto aveva detto, lo fece.

«Ehi, Lucifero!» Dopo quel giorno, prese a chiamarlo così, quando veniva da noi, e Reuben si stendeva supino. Si faceva dare una bella grattata al ventre, le mascelle che scendevano fino al pavimento come due tendine. E quell'incontro nel cuore della notte venne dimenticato.

Adesso, mentre sono seduto qui a scrivere di quella scena, la vedo dissolversi. Gli occhi due fiamme infernali, nell'oscurità, l'intenzione di attaccare. È l'ultima storia che mi viene in mente del periodo in cui eravamo soltanto noi e Reuben. Perché adesso, in fondo a quel corridoio buio, quando le fiamme si smorzano e papà torna a letto, mi appare davanti agli occhi qualcun altro.

Un coso derelitto, dal pelo chiaro.

Guardo con più attenzione, e vedo un randagio.

Il glorioso Archer dal manto dorato.

Buffo quel che ci ricordiamo, perché, quando era con noi ancora da poco, tenni una conferenza per un laboratorio di scrittura, a Crows Nest. Il corso era tenuto da James, la cui visita a casa nostra (o meglio, l'assalto del cane alla vetrata) era già entrata nella leggenda. Quando trovai il tempo di raccontargli che avevamo preso un altro randagio, James non riuscì a nascondere lo stupore. Rivedeva ancora Reuben nella sua migliore imitazione di Tyja, mentre si lanciava furioso sulla porta.

«*Cosa* avete fatto?» chiese. «Un altro?!»

E, sotto tanti aspetti, aveva ragione.

Un randagio e una star del cinema

Nel 2011 accadde qualcosa.
Ma prima lasciatemi dire.
Archer.
Biondo, splendido, zampe lunghe, cicatrici da strada, affascinante, selvaggio e gentiluomo. Questo era Archer.
Una combinazione unica. Una contraddizione vivente.
Non è più con noi.
E mi manca ogni giorno.

Era destino che arrivasse nella nostra famiglia e, come ho detto, era davvero un bel cane. Ancora adesso mi vengono in mente delle star del cinema, una sfilata di biondi e di bionde.

Brigitte Bardot, Brad Pitt, Jane Fonda. Daryl Hannah. Heath Ledger. Paul Newman, Kiefer Sutherland (Dio, i suoi capelli nel film *Ragazzi perduti*). Grace Kelly! E la lista è interminabile.

All'inizio era spaventosamente magro.

Aveva bellezza e istinto omicida.

E fu in grado di ottenere una cosa che credevo inconcepibile: riuscì a mettere fine alle mie superstizioni.

Capirete presto a cosa mi riferisco.

Quell'anno, un cane ci lasciò.

I genitori di Mika, Halina e Jacek, avevano Rocky e Scooby, e Rocky il galante li lasciò. Era un incrocio tra un Boxer e uno Staffy, ed era uno dei cani più dolci che avessi mai conosciuto.

Mika e io lo avevamo preso in un canile nel 2000, come regalo per Halina, e come compagnia per Tyja. Quando Tyja era morta, nel 2006, Rocky era scappato per andare a cercarla, e aveva attraversato una strada a più corsie schivando le auto.

Mentre Mika batteva le strade con Kitty nella carrozzina, ricordo di aver percorso in macchina Sylvania e Gymea (Halina e Jacek vivevano lì, in quegli anni) con una tremenda sensazione alla bocca dello stomaco. Lo avrei visto morto sulla strada, da qualche parte? Fortunatamente, non accadde.

Ore dopo, su un lato della strada più trafficata della zona, The Boulevarde, Halina e io stavamo continuando le ricerche a piedi. Presto avrebbe fatto buio. D'un tratto ci imbattemmo in una coppia che passeggiava, e chiesi loro se per caso avessero visto un cane bianco e nero, un po' smilzo e allampanato.

«Tipo... quello?» mi domandarono loro.

Ed era lui, ovvio.

Era uno di quei cani che sembrano insicuri anche quando sono felici, ma adesso, euforico, venne verso di me. Provai un sollievo immenso, e posso dire di non aver mai assistito a una scena paragonabile a quella di mia suocera che ci raggiungeva di corsa per stringerlo in un abbraccio. Mai come in quel momento mi sono sentito in un film, in cui due amanti si corrono incontro per abbracciarsi. Commedia romantica a parte, si trattava realmente di quello:

di amore, puro e semplice. Nell'intera periferia, quella sera non accadde cosa più bella.

Nel 2011 Rocky non stava bene, la testa squadrata andava via via incavandosi. Aveva un cancro, e la fine arrivò presto. Scooby, il grande cane nero, incrocio tra un Labrador e un Alano, rimase solo.

Questa volta Halina decise di non cercare un sostituto permanente (diventa un circolo vizioso), ma piuttosto di prendere cani in affido, in attesa di trovar loro un padrone adatto.

La cosa mi lasciò dubbioso.

«Sai che cosa succederà» dissi a Mika. «Si innamorerà del primo che accoglierà, e lo terrà per sé.»

Dio, quanto mi *sbagliavo*.

Sono certo che abbiate già capito come andò.

Fui io a prenderlo. Come si dice, la madre dei cretini è sempre incinta.

Quando Halina si unì al programma di affido, non ci disse nulla riguardo al primo cane che avrebbe accolto. Mika e io sapevamo soltanto che aveva un passato da randagio. Mi aspettavo un animale raggrinzito e rognoso, o uno di quelli che sembrano usciti da un fumetto, come il Bulldog oversize che vince sempre con Silvestro, colpevole di aver cercato di mangiarsi Titti. E invece rimasi scioccato da quello che mi trovai davanti.

Il pelo dorato come sabbia.

Le zampe lunghe, *lunghissime*.

E gli occhi color miele pieni di desiderio.

Quando lo portarono a casa, Jacek varcò la soglia per primo. Probabilmente fece entrare Scooby, mentre Halina si occupava di Archer. Apparentemente era un incrocio tra uno Staffy e un Labrador e, quando chiesi a mio suocero come si chiamasse, mi diede una risposta che non dimenticherò mai.

Vi dico qualcosa di Jacek: era la persona più gentile e meno chiassosa che potreste mai sperare di incontrare, e parlava con un forte accento polacco. Era paziente e molto bene informato, e aveva talento per la tecnologia e i lavori di falegnameria. Con i nomi, però, non ci sapeva proprio fare.

(Lo abbiamo perso nell'ottobre del 2022, e non vi dico quanto male mi abbia fatto dover correggere queste parti per cambiare i tempi verbali dal presente al passato. Non ci vuole molto per immaginarlo ancora qui, però... un arcangelo che si diceva riluttante all'idea di avere dei cani. I cani erano sempre di Halina, ma lui li amava tanto quanto lei, credo, soprattutto quando lo negava. Sorrideva, e diceva: «Dura la vita con questi cani, Markus, e diventa addirittura terribile con questa signora, mia moglie...» Sorrideva, perché sapeva che era vero il contrario.)

Quando gli chiesi come si chiamasse il nuovo arrivato, mi rispose con il tipico fare sbigottito: «In tutta onestà, non ne ho idea». Poi si fermò e ci pensò su, facendo uno sforzo. «Forse comincia per A.»

Erano i dettagli a celare il grande dilemma.

Mio padre, invece, è molto superstizioso e in molti modi diversi. Qualche esempio? Noi Zusak abbiamo un numero fortunato, che è il tredici. Se ti rompi una gamba, lui ti dice: «È successo per un motivo... non saprai mai quanto potrebbe averti aiutato!»

Il che ti porta a fargli una domanda ridicola: «Intendi dire che, se non mi fossi rotto la gamba, magari domani sarei uscito e mi sarei spezzato l'osso del collo?»

«Esattamente!»

Ha dei rituali dal significato remoto: c'è il giorno giusto per lavare i calzini, per esempio, così come ci sono dei tempi e un verso da rispettare quando mescoli la pittura.

La superstizione che preferisco riguarda la vigilia dell'anno nuovo, quando toglie tutti gli asciugamani appesi per casa, e anche tutto ciò che è stato steso ad asciugare. T-shirt, costumi, *ogni singola cosa*, e perché? Per non cominciare l'anno portandoti dietro qualcosa che non sei riuscito a finire nel vecchio. Potrai occupartene dal 2 gennaio. (Lo so, è da non credere.)

Ma, e questa è grossa, avevo ereditato da lui quelle credenze da stregone. Già da bambino ero superstizioso, soprattutto quando si trattava di sport. Quando giocavo a football, la mattina non cambiavo mai la biancheria intima, per esempio; anche se, in tutta onestà, ha un suo senso, perché giocando si sarebbe sporcata ancora di più. E rattoppavo gli scarpini solo con del nastro adesivo nero. Qualunque altro colore portava sfortuna. Una volta ero rimasto senza nero e usai il grigio, e le conseguenze furono drammatiche: calciai il pallone fuori dal campo per ben due volte e mancai una trasformazione a poca distanza dai pali. Era una semifinale. Quando sbagliai quel facile calcio piazzato, sentii qualcuno tra la folla urlare: «FAI SCHIFO, NUMERO SETTE!» Un bell'allenamento, per imparare ad affrontare i critici.

Riguardo alle mie altre superstizioni, collezionavo sassi portafortuna che tenevo nella tasca sinistra, mai nella destra: lì ci andava il portafoglio, e non volevo che la fortuna entrasse in contatto con il denaro.

Quando mi misi in testa che sarei diventato uno scrittore, presi l'abitudine di darmi degli orari. Se avevo stabilito di iniziare a lavorare alle sette, e alle sette e un minuto non avevo ancora cominciato, mi dicevo: «D'accordo, per oggi è andata». (Era procrastinazione, probabilmente, oltre che superstizione.)

Di notte, prima di addormentarmi mi alzavo dozzine di volte per buttar giù idee per eventuali libri futuri. Me ne stavo a letto, sdraiato, e mi dicevo: «Non pensare, non pensare», ma anche così stavo pensando a *qualcosa*, quindi mi alzavo di nuovo e scrivevo sul mio taccuino. Per quanto irrazionale fosse la motivazione, il fatto di lavorare mi portava nel posto in cui avevo bisogno di stare, in quei momenti.

In teoria, mi rendevo conto ogni volta di quanto fosse sciocco e medievale tutto questo, ma una parte di me non riusciva a lasciar perdere. Mi piaceva l'idea di una routine, mi piaceva avere i miei piccoli rituali. Avevo fede nel concetto di karma, anche se ne conoscevo i difetti e la fallacia. Insistevo nell'eseguire certi passaggi, e credevo nel concetto di guadagnarsi la propria fortuna.

In parallelo, credevo anche nel fato, nel mondo e nella sua maniera selvaggia di esprimere verdetti. A volte ci vengono concessi amuleti portafortuna: dobbiamo solo leggere i segnali. E sì, credevo nella necessità di tenerli in considerazione.

Finché non arrivò quel cane, il biondo.

A settembre 2011 avevo scritto centinaia di incipit per *Il ponte d'argilla*. Una serie di prologhi pieni di correzioni. Un miscuglio melmoso di capitoli non del tutto cotti, alcuni ormai freddi. Avevo migliaia di pagine scritte, e forse un centinaio che trovavo tollerabili.

Ma mi sentivo ancora così distante.

Un finale era inconcepibile.

Tornavo di continuo alla *prima* pagina, come se ripartire da zero fosse la risposta... e posso giurarvi che la risposta *non* era prendere un altro cane. Ma è esattamente in quella scelta che confluì tutto quanto. Libri, fallimenti, superstizione. Decisione.

Ne *Il ponte d'argilla*, Clay Dunbar e la sua famiglia vivono a Sydney, e dal primo giorno il loro indirizzo è stato il 18 di Archer Street. Ci stavo lavorando da sei durissimi anni, quando la nostra strada e quella del cane si incrociarono. E la A di Jacek, ovviamente, stava per Archer.

Quando disse il nome per intero, non riuscii a trattenermi.

«Mi stai prendendo in giro!»

Si voltarono tutti a guardarmi, ma fu Halina a parlare: «Che c'è?» chiese. «Cosa succede?»

«Il mio libro. I miei personaggi... vivono in una via che ho chiamato Archer Street.»

Sulla cucina scese un silenzio soprannaturale. Sapevano tutti della mia natura superstiziosa, e in una manciata di secondi ci ritrovammo a pensare di trovarci in presenza del più prodigioso degli avvertimenti... nessuno bisbigliò quelle parole, ma le sentimmo.

Questo cane è un segno di buona fortuna.

C'è un particolare che trovo interessante: avremmo potuto cambiare il nome di Reuben già nel 2009, ma malgrado le mie riserve riguardo al nome e al cane stesso, non avevamo mai pensato di farlo. Reuben era Reuben. Gli stava bene.

E per Archer fu lo stesso.

E adesso è così anche per Frosty. (Malgrado Mika abbia insistito per chiamarlo Ziggy.)

Per qualche motivo, tuttavia, la cosa mi piacque. Forse il concetto di fondo è che prendevamo quegli animali per quello che erano. Se il nome andava bene per un canile, andava bene anche per noi. Per come la vedo, dev'esserci una ragione valida per cambiarlo, come accadde con Rocky... che in origine si chiamava Stalin. Controverso per molti, in particolare per una famiglia di immigrati polacchi.

Halina è un'amante degli animali, ma ha un'affinità speciale con i cani, quindi quella dell'affido fu un'ottima idea. Solo che non funzionò proprio benissimo. Di fatto non avevo del tutto azzeccato, prevedendo che si sarebbe tenuta il primo cane che le fosse arrivato in casa, ma alla fine lei e Jacek si tennero il secondo, Atlas, che meriterebbe un libro a sé, solo non questo.

Tornando alla scelta di Archer, il problema di chi è superstizioso per natura è credere che, resistendo alla buona sorte – o, peggio, *respingendola* – si vada incontro al rischio di invocare la sfortuna. Il che è del tutto irragionevole, naturalmente.

A complicare la situazione, c'era la triste storia di Archer. Era sopravvissuto al parvovirus, di cui non avevamo mai sentito parlare. È un virus gastrointestinale che ti mette al tappeto; difficile riprendersi, soprattutto se ti senti non voluto, non amato. Pare che Archer non fosse né l'una né l'altra cosa. Halina ci aveva detto che era stato trovato per strada. Non aveva il pelo sul ventre, e c'erano delle chiazze spelacchiate anche altrove. In qualche modo aveva conservato la sua bellezza, però, come Marilyn Monroe sotto l'effetto di un calmante.

Naturalmente, Mika e io ci pensammo su.

Di nuovo, considerammo i lati positivi e quelli negativi, seduti uno di fronte all'altra al tavolo della cucina, e questa volta ero io quello più a favore. Dal punto di vista della razza, c'erano buone probabilità che fosse un incrocio tra un Labrador e un Levriero, e inoltre era molto bello e sembrava avere un carattere placido. (Notate che ho usato il verbo *sembrava.*) Prendemmo in esame tutti gli aspetti: Kitty, Noah, i gatti, Reuben (e qui tralascio il Reuben con disturbi dello spettro della cattiveria) ed era tutto un caos. Di tanto in tanto, però, mi veniva da dire: «Ma Archer Street, per l'amor di Dio. Questo cane... potrebbe portarci fortuna».

Al che Mika mi rivolgeva quello sguardo determinato a farmi smettere di farneticare. «Non può scrivere il libro al posto tuo, lo sai, vero?»

E io ridevo. «Se soltanto potesse.»

Ci vollero due settimane, ma a un certo punto ne avemmo la certezza. Archer sarebbe stato nostro. Mika di recente mi ha detto che era stato Jacek a convincerla, alla fine, facendola sentire in colpa al telefono con il suo martellare sommesso, un classico. «Markus lo vuole davvero, credo, e non è sempre tanto buono con te? Non ti dà tutto quello che desideri?»

Quindi, per la seconda volta in due anni, facemmo quel salto spaventoso. Una domenica pomeriggio, parlai con il responsabile dell'organizzazione che gestiva gli affidi e venni ritenuto un padrone accettabile. (Se soltanto avessero saputo quant'ero incompetente!) Ero fuori in giardino con Kitty, Noah e Reuben, e ricordo che rientrammo in casa.

«Be'» dissi «pare che sia fatta.»

Mika sorrise, non riuscì a trattenersi. «Archer?»

Annuii.

«Okay, allora. Vediamo se porta *davvero* fortuna.»

Non sembrava troppo convinta e, in tutta onestà, non lo ero nemmeno io.

La settimana seguente ero in America, dove avevo in programma dei seminari a Tampa, Philadelphia e in un'università di Kutztown, Pennsylvania. (Ricordo molto bene il tragitto in auto da Philadelphia. L'autista era un complottista fuori di testa, che si lasciò andare a una miriade di memorabili invettive. La mia preferita fu questa: «Se mai dovessero portarmi via i miei fucili, io mi trasferisco in Australia!» Mi sentii in obbligo di dirgli che forse sarebbe rimasto deluso, dal momento che non conosco una sola persona che possieda un'arma da fuoco.)

Al mio arrivo a casa, credevo che sarei andato io a prendere Archer nei giorni successivi ma, quando percorsi il vialetto, sentii il rumore di due cani in caduta libera. Erano chiaramente nel bel mezzo di qualche scontro intenso e importante per stabilire chi dei due avesse il potere: guaivano, lottavano, si punzecchiavano, gemevano, litigavano, cercavano di ridursi a pezzetti, si morsicavano le zampe e le orecchie, si azzannavano al collo, e via dicendo.

«È... quello che penso che sia?» chiesi a Mika.

Devo riconoscerglielo.

In queste situazioni, lei ride... quasi sempre.

«Sì... è quello che pensi.»

Reuben fece capolino da dietro il muro, il ritratto dell'incredulità.

Era ora che tornassi! La senti questa merda?

Una volta attraversata la casa per uscire sul retro, vidi i due che si stavano rotolando, contendendosi il controllo del letto di Reuben. Archer, a sei mesi, ne dava tante quante ne prendeva. Aveva una particolare abilità per puntare con violenza alla gola dell'avversario (e qui si aprì un portale per il futuro).

I latrati si fecero più forti.

Lottarono ancora.

Era un caos di mascelle e zampe... e intanto Mika mi dava pacche su una spalla.

«Bentornato a casa» disse, prima di scappare dentro.

Io la chiamai, la voce quasi una supplica.

«Porta fortuna! Davvero, te lo dico io!»

E la sua voce, ora dentro casa: «Oh, certo, è già evidente!»

I due cani respiravano a fatica. Uno biondo. Uno bruno.

I loro sguardi erano su di me, fermi, in attesa.

«Che c'è?» chiesi.

Altri respiri.

La tempesta del fato stava per scatenarsi.

Malgrado quello che succedeva ogni volta che Reuben e Archer univano le forze, amavo Archer con tutto me stesso, e per nulla al mondo avrei gettato la spugna, con lui. (E naturalmente vale lo stesso per Reuben.)

Ed ecco che arriva un ricordo.

Anni dopo, Archer prese l'abitudine di seguirmi ovunque. Quando salivo le scale, sembravamo i protagonisti di una comica. Lui mi stava accanto, sempre sulla sinistra e contro il muro, silenzioso, timido e bellissimo. Quando mi fermavo, si fermava. Mi guardava con aria colpevole. Se salivo un gradino, lo saliva anche lui. Ne facevo un altro, Archer idem, e sempre con quello sguardo. Era uno spasso.

«Pare che il tuo fedele amico voglia ancora venire di sopra con te» mi diceva Mika, e io sorridevo, perché gli volevo bene, e tanto. Gli mettevo una mano sulla testa e gli chiedevo: «Sali con me, Archo?»

(Per noi era Archer, Arch, Archerbald, Baldo, Baldilocks e anche, come sopra, Archo, che portò ad Archo-Groucho-Zeppo e a tante altre aggiunte. Alla fine lo chiamavano anche Buddy, semplicemente, o Amico. «...Vieni, Amico, andiamo di sopra.» Si sdraiava nel mio studio, sul suo letto, ed era talmente bello al sole... e sì, sono un fiume di lacrime mentre lo scrivo.)

Maledetti ricordi, maledetti cani, maledetto *tutto quanto*. Ti riducono il cuore in mille pezzi.

Alla fine divenne un cane veramente gentile, ma all'inizio ci fece tribolare. Credo sia una verità pura e semplice: quando prendi un cane da un rifugio, anche se di razza, non sai mai cosa ti porti a casa. Aggiungiamo «cane di strada» e «randagio» al mix, e otteniamo un messaggio in codice che sembra sottintendere inevitabilmente una passione sfrenata per le *risse* e gli *avanzi*. Archer non si tirava mai indietro, quando c'era da azzuffarsi, e nemmeno quando trovava un disgustoso boccone di Kentucky Fried Chicken che qualcun altro aveva avanzato e gettato via. Dovevo tenerlo d'occhio, per strada. Se avesse mandato giù anche un osso di quel pollo, avrebbe rischiato di morire.

Quanto alle risse, ancora oggi non siamo del tutto d'accordo su chi fosse realmente il capo, tra lui e Reuben: spesso era difficile stabilirlo. Per due volte li tenemmo separati, per via degli interventi di ricostruzione al ginocchio subiti da Reuben e dei lunghi periodi di guarigione che seguirono. Ma non servì a granché.

Da parte mia, penso ancora che a comandare fosse Reuben.

Per me era il re, o il grande capo. Con il passare degli anni, quando si presentava qualcuno a casa, lui cominciò a limitarsi a un'occhiata veloce, per poi tenersi a distanza, mentre Archer faceva il lavoro sporco. Sembrava quasi che Reuben gli si fosse affiancato di soppiatto e gli avesse detto: «Okay, porta il culo di sotto e *intimidisci* quelle persone. Spacca qualche testa, se devi, o non provare nemmeno a tornare».

O forse Archer era a tal punto in soggezione che quei comportamenti erano solo i suoi religiosi tentativi di impressionarlo. Ma quando eravamo al parco, o sulla spiaggia, se lanciavamo un bastone era sempre Reuben a riprenderlo, e poi Archer immancabilmente glielo portava via. Ma sto correndo troppo.

Le prime uscite insieme non diedero problemi, anche se il sottoscritto commise l'errore di tenerli uno a destra e l'altro a sinistra, mentre in seguito presi a tenerli tutti e due alla mia sinistra, usando il mio corpo come cuscinetto tra loro, i pedoni e gli altri cani.

Per i primi mesi, Archer non permise a nessuno di accarezzarlo sulla testa. Non mordeva né abbaiava, si tirava semplicemente indietro; quindi, quando eravamo a casa o fermi ad aspettare che scattasse il semaforo, io mi accovacciavo e gli accarezzavo il petto, dove un po' alla volta gli stava venendo un bel pelo folto. Quando finalmente cominciò a lasciarsi accarezzare anche lì, fu solo con noi, con la sua famiglia ristretta. E non lo permise mai a nessun altro, con rarissime eccezioni. (E, riguardo al pelo, una volta ricresciuto era lucido e sano, ma lo perdeva alla velocità della luce... con lui, dovevamo pulire il doppio.)

Quando non era al guinzaglio filava quasi sempre tutto liscio, ma se decideva di comportarsi male lo faceva in grande stile. Aveva questa capacità di farti venire una voglia immensa e frustrante di *strangolarlo*. Da subito si presentarono i consueti problemi, quando lo richiamavi mentre stava correndo con altri cani – la difficile arte di richiamare il tuo cane e sapere che verrà sul serio – ma non erano niente in confronto a quello che accadeva quando eravamo soltanto lui, Reuben e io. A volte si rifiutava spudoratamente e, se dicevo una sola parola con un tono un po' duro, si spaventava a tal punto da venire verso di me descrivendo dei cerchi concentrici, partendo da una cinquantina di metri di distanza.

Gesù, pensavo, se va avanti così facciamo notte.

Reuben si sedeva accanto a me perfettamente diritto e immobile.

Sul serio? Pensi che questo idiota porti davvero fortuna?

Se fosse stato umano si sarebbe girato e avrebbe sputato a terra, o avrebbe scosso la testa, disgustato.

In realtà, il primo problema grosso ce lo diede Reuben, non Archer. Se fino a quel momento aveva adorato gli altri cani (okay, sì, ogni tanto calpestava uno Spaniel), adesso si irritava se solo ne incontrava uno. Archer era un rivale, per lui, ed entravano in competizione per avere l'attenzione dell'altro cane. Ciascuno voleva arrivare da lui per primo. E io mi aspettavo sempre che capitasse questo:

– vedevano un cane;
– se la prendevano l'uno con l'altro e si azzuffavano;
– si staccavano e arrivavano a un accordo. *Visto che ce le stiamo suonando tra noi, tanto vale menare anche lui.*

Ma non lo avrebbero fatto, certo che no. Io ero sempre vicino, quindi gli incidenti capitavano, sì, ma senza ferite. In tutti quegli anni, non mi trovai mai a pagare il conto del veterinario di un altro cane (non è un aspetto fondamentale di cui andare orgogliosi?) ma, senza entrare nei dettagli, diciamo che ci andai vicino. Più di qualche volta.

Fuori casa, tuttavia, era tutto meno sfrenato.

Ricordo la prima grossa zuffa.

Prima di arrivarci, però, una premessa, per correttezza. Non era *sempre* così. Non si verificavano quindici attacchi di violenza al giorno; era più facile che andassero d'accordo. Correvano insieme, facevano la lotta. Ogni tanto ringhiavano in un modo allarmante, ma erano solo dei cani che facevano i cani. Animali selvatici che imparavano a fare gli animali domestici. Spero sappiate cosa intendo.

Più avanti, quando decisi di spostare uno dei due così da averli entrambi alla mia sinistra durante le nostre passeggiate, camminavano all'unisono, le costole che si toccavano, il manto di uno che si fondeva con quello dell'altro. Sembravano davvero due soldati, soprattutto quando Archie si fece più alto e arrivarono all'incirca ad avere la stessa statura. Ogni tanto, quando percorrevamo Queen Street, una via elegante non distante da casa nostra, disseminata da pedigree di dimensioni più contenute, d'istinto gli altri padroni prendevano in braccio i loro cani. Io e loro ridevamo insieme, quando dicevo: «Non si preoccupi, la prossima volta prendo in braccio io questi due». Certi giorni riuscivo persino a essere fiero di loro, avevano qualcosa di speciale. Erano fantastici, insieme.

«Oh, mio Dio, stessa cucciolata?» mi chiese una volta una donna, dal finestrino dell'auto.

«Nah» le risposi «vengono da un rifugio.»

«Oh, sono meravigliosi!»

È solo da qualche anno che apprezzo la loro bellezza come avrei dovuto fare allora. Certo, erano due animali selvatici e combinavano un sacco di guai, ma il rovescio della medaglia era la meravigliosa luce che emanavano.

Tra i candidati nella categoria «episodi memorabili», per quanto riguarda le risse e gli episodi violenti, metterei senz'altro questo.

Avevamo la fortuna di vivere accanto all'asilo frequentato dai nostri figli, dove lavoravano delle persone fantastiche. Una delle cose che ci piacquero da subito della nostra casa, quando la acquistammo, fu l'adorabile chiasso dei bambini che giocavano, e le voci degli educatori. Dicevano cose come: «Sì, Ethan, scendi da lì! Sì, tu... non sto parlando al vento, amico».

Un pomeriggio, quando andai a prendere Kitty intorno alle sedici e trenta, Belinda, una delle colonne dell'asilo, mi chiamò.

«Ehi, Markus! Abbiamo sentito dei rumori tremendi che venivano da casa vostra... credo che i cani abbiano preso uno dei vostri gatti.»

Con un balzo, afferrai Kitty e corsi via.

Era un falso allarme, in un certo senso.

Quando arrivammo, capimmo che a lanciare quei versi acuti non era stato un gatto, ma Archer. Una delle orecchie bionde ed eleganti era insanguinata, e c'erano chiazze rosse anche sulla veranda sul retro.

Li guardai tutti e due.

«Che cazzo, Reuben!»

Non sembrava divertito, e rimase impassibile.

Se l'è cercata.

Tipico di lui, il muso nero-marrone e imperturbabile aveva cominciato ad accartocciarsi per la vergogna.

«Guarda quanto sangue!» gridò Kitty, ma senza note isteriche nella voce. Così come sono bravi a inventare un linguaggio tutto loro, è possibile che i bambini sappiano anche classificare la gravità di una scena sanguinolenta, quando se la trovano davanti. Aveva cinque anni e io me la immagino ancora che concludeva, tra sé e sé: «Crudo, ma non poi così spaventoso».

Cominciai a pulire le piastrelle, le pareti e il cane, non necessariamente in quest'ordine. Una volta asciugato il sangue sull'orecchio, feci un po' di pressione con un panno, e finalmente l'emorragia cessò, o così pensai.

Diverse ore dopo, mentre i cani erano in casa, Archer si diede una scrollata e l'orecchio ricominciò a sanguinare: l'effetto fu quello di un pennello che viene sbattuto. Il sangue finì ovunque: vetri, tende, divano, telai delle porte, schermo del televisore, *ovunque*. Ne venne fuori un quadro astratto: Archer aveva realizzato un Pollock!

Mika: «Dovevi proprio prenderlo, questo cane, giusto?»

E io, al secondo round di pulizie, edizione interni: «Già, ho proprio fatto centro stavolta, no?»

«Assolutamente... suppongo tu stia solo aspettando che cominci la fortuna, o sbaglio?»

«Non sbagli.»

Ma, ancora una volta, perché stavamo sorridendo?

Archer era accanto a me, e con un tempismo perfetto sfoggiò un'espressione da cane bastonato.

Che c'è? Che ho fatto?

Lo afferrai per il collo e lo abbracciai.

A volte al sangue non fai caso.

Quindi, ora che ci avviciniamo alla fine del capitolo... qualcuno pensa ancora che Archer mi abbia portato fortuna?

Non accadde mai.

Francamente, non la meritavo, almeno con *Il ponte d'argilla*.

In pratica, ogni anno ad aprile o maggio commettevo l'errore di dire a un selezionato gruppetto di persone che avrei finito di scrivere il nuovo libro entro la fine dell'anno. È una previsione che non si avvera quasi mai.

Nel 2011 la posta in gioco era ancora più alta.

Era stato un anno difficile per le case editrici, e Cate, amica e all'epoca mia editor, era anche direttore editoriale di Pan Macmillan. Aspettava il romanzo entro dicembre, e ricordo ancora quando le confessai che era finita... che ero ancora in alto mare. Mi avrebbe preso a pugni, mi disse. Onestamente, non la biasimavo.

Quando venne a trovarmi, decisa a usare l'approccio duro per intimarmi di terminarlo, in cortile scoppiò una rissa terrificante tra i cani, e sono più che sicuro di averle letto negli occhi una frase del tipo: «Per forza non riesci a combinare niente... Hai fatto delle scelte terribili».

Quella stessa settimana, feci una conference call con la Sydney Story Factory, nel giardino dietro casa. (Ero il membro più incompetente che avessero mai avuto, ve lo assicuro. E sono certo che più d'uno tirò un sospiro di sollievo quando diedi le dimissioni qualche anno dopo.)

Nel bel mezzo del meeting, i cani esplosero.

Reuben fece sentire tutta la sua voce, e Archer rispose a tono. L'esempio perfetto di due cani in guerra. Si misero a saltare per tutto il cortile.

Vaffanculo.

No, vaffanculo tu.

Ti strangolo.

Io ti ammazzo!

Mancavano solo coltelli e bottiglie spaccate.

Una delle mie colleghe si schiarì la gola. «Tutto bene, Markus?»

«Oh, sì» risposi «tutto bene. C'è qualche animale selvatico, niente di cui preoccuparsi.» Ero già grato che non ci fosse del sangue in giro.

Più tardi però – e questo era un classico – i cani erano in casa con noi. Più calmi, vagavano da una stanza all'altra, guardavano i bambini che stavano colorando. O leggevano un po'. Poi Archer si mise comodo appoggiando la testa su Reuben, il lungo muso dorato sul suo dorso scuro, mentre erano tutti e due sul pavimento. E Reuben glielo permise, perché gli piaceva, e dormirono come due amici e concittadini. O, per dirla meglio, come figli e fratelli.

Io ero seduto accanto a loro, e dicevo a me stesso che l'anno successivo sarebbe stato quello decisivo: finalmente avrei completato la stesura de *Il ponte d'argilla*... ma ero più lontano dalla fine di quanto immaginassi. Non mi ero mai illuso così tanto.

Il cane che combatté contro una sega chirurgica

Quel dicembre ci colpì la sfortuna; o, come ripetevo spesso a chi me lo chiedeva: «Abbiamo preso Archer convinti che ci avrebbe portato fortuna, ma da quando è arrivato a casa è iniziata la sfiga».

Reuben aveva quasi due anni e mezzo.

Archie otto mesi.

Un giorno, durante la solita passeggiata, notai che Reuben zoppicava sulla zampa posteriore sinistra, ma non vi badai più di tanto. Come noi, i cani si coprono di graffi e lividi e, da come si azzuffavano, era comprensibile che si fosse fatto male. Normalmente si riprendeva in fretta.

Ma i giorni passavano e lui zoppicava sempre di più. Lo portai da Paul, il veterinario del quartiere, che era sempre pronto a farsi una risata e non si tirava mai indietro davanti a una sfida.

Piuttosto alto, con i capelli ricci e invariabilmente in jeans neri, polo e occhiali, era il veterinario perfetto per Reuben. Una descrizione più adeguata sarebbe che non aveva paura di lui. Mentre un collega che lo aveva preceduto aveva preteso che Reuben indossasse la museruola (cosa che capivo benissimo), lui in qualche modo sapeva che non gli avrebbe fatto del male, e aveva sempre questo umorismo asciutto. «Sento che tra noi si sta creando un legame» diceva. «Non parlerei proprio di *affetto*, ma di rispetto concesso a malincuore: che te ne sembra?»

«Be', non sta cercando di mangiarti» gli risposi. «Questo è positivo.»

«Esatto! Un passetto alla volta.» Rideva, vedendo come Reuben cercasse di infilarsi in vari angoli nella sala visite. «Vieni qui, cucciolo» lo chiamava, e il suo tono era sincero. Reuben poteva fidarsi di quel tono che sembrava dirgli: «Sei al sicuro con me, non farà male come pensi. Magari non ti piaccio, ma non ti abbandono senza cercare di aiutarti».

Una delle qualità che più apprezzo di Paul è che con lui non c'è mai bisogno di farsi prendere dal panico. La prima linea di azione è il buon senso. Quando gli portai Reuben per il ginocchio, gli fece fare un po' di allungamenti. Gli fece ruotare la zampa e la tastò.

«*Mmm.*»

A nessuno piace sentire quel tipo di «*mmm*».

«Il ginocchio gli crea fastidi ma, senza una radiografia, non possiamo sapere con sicurezza quanto è grave. Potrebbe guarire da solo, ma con i cani di grossa taglia c'è sempre il rischio che si tratti del crociato.»

Il crociato.

Non è la più bella tra le parole che iniziano con la «c», ma nemmeno la più brutta. Continuammo il discorso mantenendo un tono il più possibile disinvolto.

«Per i raggi dovrà essere anestetizzato, così da rimanere fermo, quindi per ora tenetelo d'occhio e fate in modo che stia tranquillo: niente balzi, niente match di boxe con Archer. E vediamo se migliora.»

«Dobbiamo fare in modo che stia tranquillo?» gli domandai.

Paul alzò lo sguardo da Reub. «Lo so che è chiedere tanto.»

Come ho detto, una delle migliori abitudini di Reuben era il fatto che non tirasse mai, quando lo portavamo a spasso, e per me questa rimane una condizione non negoziabile. Non puoi permettere a un cane di fare il prepotente per strada (tornate all'inizio, dove parlavo di Frosty.) Non può essere lui a comandare.

Aveva l'abitudine di rallentare, quando era Kitty a tenere il guinzaglio ma, ora che c'era un secondo cane, il rischio che si contravvenisse alla regola era più elevato. Perlopiù andavano d'accordo, ma da un momento all'altro potevano prendersi a testate o tirarsi un colpo basso. A volte litigavano per niente. Se avessimo incontrato un altro cane avrebbero accelerato il passo. All'inizio continuai a portarli a spasso insieme e, una volta al parco, lasciavo libero Archer.

A Reuben stava bene così. Adorava i giochi duri, e poteva correre per chilometri a velocità sostenuta, ma non gli dispiaceva rimanere con me. La mia teoria, al riguardo, è che gli piacesse l'idea di essere stato scelto per restarmi accanto perché era lui quello che amavo di più... ma così attribuirei dei pensieri umani a un cane. È già abbastanza triste che li faccia parlare per ottenere un effetto comico, ma fingere che avessero delle motivazioni più elevate... Persino io mi rendo conto che è un po' troppo stiracchiato.

In ogni caso: le precauzioni non servirono a nulla. Se mai, il ginocchio peggiorava. A casa li tenevamo il più possibile separati, sperando che non si provocassero a vicenda, perché è questo che fanno i cani giovani. E in fondo adesso erano fratelli. E i fratelli bisticciano. Era interessante guardarli dormire a intermittenza, prima che Archer si chinasse verso Reuben e cominciasse a mordergli la zampa.

Non mi toccare.
Andiamo, amico, giochiamo.
Come se avessi mai avuto voglia di giocare con te.
Oh, sul serio? Che mi dici di questo, allora?
E gli saltava addosso, puntando dritto alla gola.
Non credo sia difficile intuire perché li tenessimo separati.

Intorno alla metà di gennaio trascorsi quattro o cinque giorni a Narrawallee, una località sulla costa, e portai Reuben con me. L'obiettivo era andare avanti con *Il ponte d'argilla* e concedere a lui una pausa da suo fratello. Inoltre, volevo prendere una decisione. Se il ginocchio non era migliorato, forse era il momento di fare quella radiografia. Per un mese eravamo stati attenti, con lui, e perlopiù continuavo a farlo... ma c'è sempre quell'angolo nascosto nella tua mente che vuole solo una risposta. Il cane zoppicava ancora. Non stava migliorando. A casa, avevo confrontato le sue zampe con quelle di Archer, e saltava all'occhio come quelle di quest'ultimo, seppure lunghe e spigolose, non si piegassero in un modo inconsueto. Quelle di Reuben sembravano pronte a cedere da un momento all'altro.

L'ultimo giorno del mio «viaggio di lavoro» lo portai in spiaggia e lo lasciai senza guinzaglio. Mi guardò, come se volesse chiedermi: «Davvero? Fai sul serio?»

«Coraggio» lo incitai. «Fatti una corsa.» E lui quella libertà se la prese, e si mise a correre in tutte le direzioni immaginabili. Era quasi sera, le onde si srotolavano sulla sabbia. Lui si lanciava dalle colline di sabbia, e il suo ghigno illuminava ogni cosa.

Quando ce ne andammo, non zoppicava affatto, alimentato dall'eccitazione e dal battito che andava a mille, ma l'indomani era tutto un dolore. Come ciliegina sulla torta, dopo il viaggio di ritorno in auto, ci capitò il classico incidente cittadino. Parcheggiai nella nostra via e feci uscire Reuben, e proprio in quel momento arrivò un ragazzo che sfrecciava sul suo skateboard. E lui lo rincorse.

«Reuben!» lo chiamai. «*Reuben!*»

Si fermò, e tornò indietro.

Guardandolo, mi vennero in mente le immagini di quegli sportivi che si fratturano un braccio, o una spalla, l'arto che penzola molle... E fu esattamente così che lo vidi tornare. Con la zampa che penzolava, come morta.

Ancora una volta mi chiedo come giudicherete tutto questo.

Mi ero comportato da irresponsabile?

Mi convinsi che il ginocchio era rotto, e che a quel punto era meglio averne la certezza. Facemmo la radiografia, e il risultato fu quello che ci aspettavamo: il legamento crociato era andato.

Non sarebbe stato Paul a eseguire l'intervento, non è un ortopedico. Lo avrebbe operato Eugene, che in città aveva fama di essere davvero bravo.

Adesso ne so qualcosa anch'io della ricostruzione del ginocchio di un cane, sia fisicamente, sia finanziariamente. Dal punto di vista fisico, qualunque veterinario vi dirà che è un intervento che dà risultati eccezionali, più efficace di quello che subisce un umano.

Quanto al costo.

Cinquemila bigliettoni.

Comunque vogliate dividere le voci, alla fine se ne vanno cinquemila dollari* tra radiografia, chirurgo, antidolo-

* Cinquemila dollari australiani sono poco più di tremila euro [N.d.T.].

rifici, periodo di guarigione, radiografia di controllo (per avere la certezza che l'intervento sia riuscito) e visite presso il veterinario di fiducia.

E poi, naturalmente, c'è il fattore tempo.

I primi giorni dopo l'intervento sono i più cruciali. Poi la prima settimana. Poi le successive sei settimane. Mettendo tutto insieme, parliamo di sei-otto mesi per una ripresa completa.

L'ultima cosa che voglio, adesso, è annoiarvi approfondendo l'argomento delle polizze per animali domestici, quindi lo dico e basta. Non avevamo un'assicurazione. Non voglio neanche fare il disinvolto riguardo alla cifra. Cinquemila dollari sono un sacco di soldi per chiunque, e fummo fortunati a poterci permettere di pagare una cifra del genere. Attingemmo al prestito che avevamo chiesto per la casa, come avremmo fatto anche per il secondo intervento al ginocchio, qualche anno dopo. Non capita tutti i giorni di ricevere una parcella del veterinario di 11.897,65 dollari, ma del resto non tutti i cani sono Reuben. Per ora, vi basti sapere che pagammo, e non me ne pento assolutamente.

Era il 2012, e alla fine di gennaio Reuben finì sotto la sega chirurgica di Eugene. Sono tante le frasi che ti si incidono nella memoria, quando affronti prove del genere, ma la nostra preferita è la spiegazione che fece il chirurgo, prima dell'intervento.

«Allora, in pratica seghiamo questa parte... *qui*...»

Io guardai il diagramma, che non lasciava spazio a dubbi.

«La segate?»

«La seghiamo, sì.»

Povero Reuben, mi dispiaceva davvero per lui.

Contattai Pat e Clare (forse ricorderete la loro Thyla, che somigliava tanto a Reuben). Ci erano già passati, e ci prestarono la grossa gabbia che avevano acquistato per l'occasione. La montammo nel mio studio e lasciammo che Reuben vi si sedesse, ignaro di quello che sarebbe venuto dopo.

I nostri amici erano dei padroni modello, ma c'è da dire – e so che non se la prenderanno se lo dico – che Thyla era un cane affetto da una certa cattiveria. La amavano moltissimo, però, e furono eccezionali con lei durante il periodo di guarigione. Ci si stancava solo a pensare a quel che avevano dovuto fare. Mi raccontarono di come si fossero serviti di un lenzuolo arrotolato per prenderla e portarla fuori per i suoi bisogni, e poi delle settimane – che divennero mesi – in cui avevano dovuto impedirle di muoversi troppo. Con due bambini, due gatti e Archer, dovevamo per forza avere un piano d'azione anche noi.

Qualche giorno prima dell'intervento, feci un ritrovamento vicino a casa. A volte paga girare per le strade facendo attenzione alla spazzatura altrui. (Spesso, in occasione delle giornate dedicate alla pulizia delle strade organizzate dal Comune, tornavo a casa con qualche reperto, e Mika giustamente reagiva con esasperazione: «Oh no, non di nuovo!»)

Ammetto, è un rischio. A volte va bene, a volte no. Più spesso no.

Ho recuperato librerie sbilenche, biciclette abbandonate per un valido motivo, ma anche un forno giocattolo realizzato artigianalmente con cui i nostri figli si divertirono per un decennio.

Mancava poco alla data dell'operazione, quando trovai il piano di un tavolo, o di una scrivania, appoggiato a un muro. Ci ero passato davanti più di una volta. Sotto aveva una cornice alta una decina di centimetri, che correva lungo l'intero perimetro; mi dissi che, se l'avessi capovolto, avrei potuto usarlo per creare un cortile in miniatura per Reuben. Così sarebbe potuto rimanere nel mio studio, che si apriva sul balcone.

Mika mi aiutò a portarlo di sopra. Poi attraversai la casa con secchi di terra, che rovesciai sulla superficie. E infine prelevai dell'erba e ve la trapiantai. Fui particolarmente soddisfatto del risultato, perché era una soluzione pratica, e le persone cosiddette creative, come il sottoscritto, non sono famose per avere uno spiccato senso pratico. Da bambino, poi, in famiglia ero tristemente noto perché goffo e piuttosto incapace, quindi per me è una soddisfazione portare a termine un lavoro di casa.

Soprattutto, però, mi parve uno di quei momenti in cui ammetti cosa hanno fatto di te i tuoi amici pelosi. Ci sono gesti più rivelatori dello sborsare cinquemila dollari, e questo per me rientrava nella categoria. Non era senz'altro il più complicato dei progetti, ma da parte mia fu un impegno considerevole. Quanto ami il tuo cane? Be', una volta gli costruii un prato sul balcone, conta come dimostrazione d'affetto? A tanti anni di distanza, la risposta è ancora sì.

Portai Reuben in clinica una mattina umida e nuvolosa, sapendo che sarebbe tornato molto cambiato. Ci fu la sala d'attesa, e poi il momento in cui lo affidai al chirurgo, il muso color carbone che mi si strofinava addosso. Passai la mano in mezzo al pelo, stringendolo nel pugno un'ultima volta prima di lasciarlo lì, e i suoi occhi mi sferrarono il colpo di grazia. Così lucidi, furono una silenziosa rappresaglia.

Andai via immaginandolo sul tavolo operatorio, anestetizzato, con Eugene che affilava la sega. Non sarebbe mai capitato a un cane più affabile, certo, ma al semaforo, quando mi fermai, chiusi gli occhi un secondo e mi battei il petto con le dita.

Fa che stia bene, pregai, ma chi credevo di prendere in giro? Forse era fisicamente fragile, ma ben presto avremmo avuto una prova della sua resistenza psicologica. Ci sarebbero voluti dodici Eugene e una cavalleria di seghe per avere un reale impatto su Reuben.

Quando arrivai a casa, salii al piano di sopra e uscii sul balcone, per esaminare il piccolo prato improvvisato. Poi guardai la gabbia e aspettai.

Il cane più sospettoso del mondo

Reuben tornò a casa con una gigantesca chiazza rasata su un fianco, una zampa praticamente nuda, priva di pelo, e una lunga fila di punti serrati. Sembrava uscito da un incontro di lotta, da uno di boxe e da una rissa da bar, avvenuti tutti la stessa sera. A parte questo, stava benone.

La sera dell'intervento rimase dal veterinario e, proprio come aveva detto Eugene e nonostante l'aspetto post operatorio, la mattina dopo era già in grado di camminare. Il ginocchio aveva recuperato le sue funzioni, ma era fragile. L'impiccio adesso era riuscire a impedirgli di correrci sopra.

Lo presi in braccio per tirarlo giù dall'auto, ed entrammo in casa.

Era un bel pezzo di cane.

Aveva il divieto assoluto di fare le scale, così lo portai di sopra, ma lo lasciai camminare nel corridoio fino allo studio, da cui passò sul balcone. Sentì subito l'odore dell'erba. Esaminò il bordo di legno della scrivania. E poi diede un'occhiata al costruttore.

Andò sopra alla mia creazione e fece quel che avrebbe fatto su un prato normale, più o meno nel mezzo. Poi – e questo era tipico di Reuben – capì, tornò nello studio e superò la mia scrivania per andare a sdraiarsi sul suo letto, nella gabbia. Niente lamentele, niente piagnucolii, e anche negli anni a venire sarebbe stato così, con Reuben: potevi tagliarlo con una sega, drogarlo di anestetico e antidolorifici, potevi arrivare a tanto così dall'ammazzarlo, ma lui si limitava a guardarti.

Sul serio? Tutto qui?

Detto ciò, se tardavi trenta secondi a farlo rientrare per cena, guaiva come se lo stessero bruciando vivo.

Naturalmente, quando accade un evento di questa portata, vuoi essere sicuro di fare tutto come si deve. Avevamo una piccola terapia da seguire, e gli somministravamo i vari farmaci seguendo la posologia alla lettera. (Non andammo avanti molto con gli antidolorifici, comunque, perché Reuben sembrava stare benissimo. Se fosse stato un umano, si sarebbe beatamente piazzato sul divano a mangiare patatine e a bere birra.)

Pranzava e cenava comodamente nel mio studio. Usciva sul suo praticello privato, e poi rientrava. Per lui la ricostruzione del ginocchio significò questo. Normale amministrazione.

Venivano a trovarlo tutti. Kitty in pratica viveva nel mio studio, si sedeva per terra appoggiata alla gabbia: dove finivano i suoi vestiti, cominciava Reuben. Una scena d'esilio idilliaca.

Gli unici visitatori non graditi erano i gatti, ma soprattutto Archer. Quei due erano stati insieme quattro mesi scarsi, e adesso sarebbero vissuti completamente separati. Qualunque interazione poteva rappresentare un rischio. Reuben sarebbe rimasto nel mio studio, mentre Archer aveva il resto della casa per sé, e il cortile. Oltre, essenzialmente, al mondo esterno.

I primi giorni filarono lisci, ma dopo poco arrivammo al punto di rottura. In situazioni simili, e in una famiglia come la nostra, era d'obbligo che qualcosa andasse storto. Più sei attento a preservare quelli che consideri i tesori di famiglia, maggiori sono le probabilità che ti cadano di mano.

E a me cadde Reuben.

Che non era proprio il classico tesoro di famiglia.

Eravamo al terzo giorno dopo l'intervento.

In pieno periodo cruciale.

Il ginocchio operato era gonfio a causa di un accumulo di fluidi, e pensammo di farlo vedere a Paul. Forse non era saggio sballottarlo troppo, ma alla fine valutammo che ne valesse la pena. Lo portai di sotto e lo caricai in auto. Non illustrerò nei dettagli le varie operazioni volte ad assicurarci che i bambini e gli altri animali ci stessero alla larga, ma vi assicuro che furono parecchie. E, più importante ancora, all'epoca, quando viaggiavo con i cani, abbassavo i sedili posteriori e sistemavo lì i loro materassi. In pratica occupavano quasi l'intero abitacolo, a parte i due sedili davanti. (Non era del tutto legale, e ne avrai pagato le spese, in termini di salvaguardia del nostro cane.)

Dopo averlo sistemato, stavo per chiudere la portiera, quando fui colto alla sprovvista dal tonfo di qualcosa che cadeva in strada, ed era Reuben che era saltato fuori dal baule. E rimase lì, mezzo nudo e scosso, la zampa posteriore che tremava quasi fosse liquida.

Come potete immaginare, mi lasciai andare a una sfilza di imprecazioni, che riecheggiarono nel garage. Mika uscì, mentre continuavo a maledirmi.

«Farlo arrivare intero *al terzo dannatissimo giorno* era troppo difficile!»

Fortunatamente Paul confermò che il ginocchio si stava

rimettendo in modo del tutto normale, nonostante il liquido e il salto dal baule; lo riportai a casa, di sopra, e tornammo alla vita normale.

Normale.

Non posso non sorridere, mentre lo scrivo, perché la nuova normalità avrebbe presto subìto un'evoluzione. Con tutto quello che stava succedendo in casa in quel periodo – Kitty che stava cominciando la scuola, il lavoro di Mika, il mio, Noah, i gatti che ancora marcavano il territorio – i cani ci sembrarono una cosa facile da gestire.

Piano piano, ricominciammo a far fare esercizio a Reuben. Di settimana in settimana, variavamo il programma, e dopo un mese e mezzo le giornate erano scandite dalle passeggiate con i cani. Brevi per Reuben, più lunghe per Archie. Reuben non poteva ancora fare le scale, quindi lo portavo su e giù, all'inizio una volta al giorno, poi due. Per qualche mese almeno, capitarono giorni in cui uscivamo quattro volte.

E intanto ci facevamo delle domande.

Sapevamo che Reuben e Archer sentivano la presenza l'uno dell'altro, ma non avevamo idea di come si sarebbero comportati quando si fossero riuniti. Sono sincero: è passato tanto tempo, e voglio raccontare una storia il più fedele possibile alla realtà. Per questo ammetto di non ricordare come andò, quando li rimettemmo insieme, il che mi induce a credere che non dovettero esserci problemi: se fosse accaduto qualcosa di terribile, mi sarebbe rimasto impresso.

So che tornammo alle abitudini preintervento, a quando Reuben soffriva per il ginocchio e cercavamo di non farlo affaticare. La mattina li portavo fuori entrambi, poi lasciavo Reuben a casa e uscivo di nuovo con Archer perché si facesse una vera corsa.

Riguardo al comportamento di Archer, potrei dire che *si sapeva gestire*. Non credo abbia mai apprezzato un granché la compagnia degli altri cani. Adorava Reuben, e basta. Gli altri si dividevano in specie minacciose e non. A seconda dell'umore, della mattina o della situazione, andava a correre con loro o li piantava lì. Se entravano in contatto con lui, si assicurava di vincere. Ricordo una sera, al tramonto, quando si gettò su una coppia di Rottweiler dalla taglia piuttosto ridotta. Lo vidi mordere loro il collo, arrivare alla pelle sotto il collare. Il proprietario, un tizio robusto sulla quarantina con i capelli scuri e ondulati, mi disse: «Gioca bene, sa cosa fare» e, anche se accettai il complimento, riuscii a intravedere l'animale che c'era in Archie. Aveva preso una decisione, e lo aveva fatto in fretta: se si fosse trattato di uccidere o di essere uccisi, avrebbe scelto la prima opzione.

Il cane di strada era ancora dentro di lui, e non se ne sarebbe mai andato.

Tutto stava nel capire quanto profondamente si nascondesse sotto la pelle.

Con l'avanzare dell'inverno, Reuben e Archer ripresero confidenza, e tornarono a essere un duo formidabile. Reuben continuò a stare al guinzaglio, si riprese al novanta per cento, ma non del tutto. Per strada, trovavo ancora sensato tenerli entrambi alla mia sinistra, anche se il prezzo da pagare era piuttosto alto: camminavano bene, felici, finché Archer non attaccava, per qualche motivo. E Reuben non ci stava. Considerato che uscivo molto presto, sono certo che parecchia gente si svegliasse a causa delle loro litigate.

Ricordo una mattina in particolare: stavamo passeggiando in fondo a Ocean Street, dove la strada si faceva ripida. Si stava levando il sole e, senza nessuna ragione, Archer puntò da un lato e si avventò sul muso di Reuben. E fu guerra.

Senza pensarci un momento, infilai la mano in mezzo a loro.

Afferrai il primo ciuffo di peli biondi che trovai e lo tirai via, con fermezza, arrabbiato. Archer mi guardò con l'aria ferita, quasi avesse dimenticato che aveva iniziato lui.

Come hai potuto fare una cosa del genere?

E, se aveva la memoria corta quando si trattava delle sue malefatte, quelli che percepiva come torti da parte mia li ricordava perfettamente. Per un mese, circa, smise di tornare, quando lo chiamavo, quasi fossi stato io ad aggredirlo senza che mi avesse provocato.

Il punto massimo lo raggiungemmo una sera, a Centennial Park.

Era buio, e il parco era deserto.

Eravamo stati nel bosco e poi eravamo passati al pendio. Archie era libero, Reuben al guinzaglio. Andò tutto bene finché non arrivò il momento di tornare; Archie era particolarmente contrariato. Lo chiamai, mi guardò: era a una cinquantina di metri, sulla destra. Cominciò a descrivere un grande cerchio intorno a me, mentre mi studiava con l'aria ferita, sospettosa, in quel suo lungo percorso nauseante.

Reuben mi stava accanto, oltraggiato.

Oh, andiamo.

E io: «Hai ragione. Archie, vieni!»

Sentite, non so se ne ho proprio voglia...

«Archie, qui.»

E poi il fischio a tre note.

Niente.

(Non c'è niente di più bello che emettere un fischio che

riconosce soltanto il tuo cane, che si mette subito a correre e arriva da te tutto sudato... E non c'è niente di peggio di quando lo ignora. Il contrasto fra lealtà e tradimento. E in mezzo un abisso di sofferenza.)

Quando finalmente tornò indietro e si sedette vicino a noi, feci per rimettergli il guinzaglio, e lui si allontanò subito con un balzo.

La scena si ripeté tre o quattro volte, per oltre venti minuti, e alla quarta persi la pazienza, il controllo dei nervi, l'affetto e anche gran parte della mia lucidità. Lasciai lì Reuben e mi misi a rincorrere Archer. Le parole uscirono come un pugno, senza pause, senza virgole né punti. Un unico punto esclamativo alla fine: «*Vieni qui fottuto bastardo pezzo di merda rompicoglioni!*»

Ma un cane che è un incrocio con un Levriero è agile, e veloce.

Più avanti, sempre più in là, scappò via, lasciandosi dietro una pittoresca scia di luce. Vedevo più che altro le zampe, lunghe e bionde, e la falcata ampia e meravigliosa... Era come rincorrere una top model che aveva un passato da atleta.

«Arch, brutto stronzo!»

Alla fine cominciò a stancarsi. Accorciai la distanza e lo atterrai. Sono sicuro che, se qualcuno assistette alla scena, dovette trovarla piuttosto comica: questo tizio che correva dietro al suo cane e poi lo placcava, imprecando e agitando le braccia per tutto il tempo. Misi la spalla tra le costole di Archer, che teneva il muso sollevato, offeso. Finimmo a terra quasi subito, e in modo piuttosto violento. Io gli stavo vergognosamente con il fiato sul collo, abbastanza vicino da baciargli il muso. Non lo feci. «Quando ti dico di venire, significa che devi *venire*, dannazione...»

Ci rialzammo, chiamai Reuben e lasciammo il pendio

tutti e tre. Archer non osò toccare il suo amico, che tutto fiero guardava dritto davanti a sé.

I mesi passavano, e noi facevamo quello che dovevamo, per quanto a volte la routine sembrasse un po' malsana.

Finché non pensi alle giornate con i cani, alle nottate con i figli che non dormono, ai gatti che fanno di nuovo pipì su quel tappeto, mentre cerchi di lavorare un po', non ti rendi conto di esserci dentro fino al collo. Tra i ricordi che preferisco c'è quella sera in cui finii di fare tutto alle dieci, e poi con Mika trascinai uno dei tappeti nel cortile sul retro, dove lo lavammo, lo strofinammo e lo mettemmo ad asciugare su una cuccia. (Sono dannatamente pesanti, da bagnati.) Il culmine del romanticismo matrimoniale.

Oggi rivedo ancora il cielo di quella sera, una lavatrice di stelle.

«Dobbiamo farci vedere da uno bravo» disse Mika, piuttosto seriamente, quando mi voltai verso di lei. Nessuno dei due avrebbe potuto immaginare cosa ci attendesse, ancora. Non potevamo sapere che quel cortile si sarebbe rivelato un nefasto iceberg. Era una cosa inimmaginabile, quindi era meglio immaginare la fine.

«Quando questi moriranno» dissi «non prenderemo più animali.» E ne ero assolutamente convinto.

Parte terza

I più grandi successi di Reuben & Archer

Incubi a Reservoir Fields

Eravamo al settimo cielo, avevamo di nuovo due cani matti e in perfetta forma, pronti a riprendere la loro vita normale o, meglio, le normali ostilità. A novembre 2012 non vedevano l'ora di tornare a spaccare il mondo, per recuperare tutto quel tempo perso.

Ma, chiederete, che cosa avrebbero mai potuto fare?

Quali danni avrebbero potuto causare, effettivamente?

Voglio dire, alla fine erano solo due cani.

Solo due cani.

Tanta ingenuità sarebbe comprensibile soltanto se non conosceste Reuben e Archer. Credete a me. Negli anni successivi, ci sarebbero state risse e mutilazioni, e tante altre cose addirittura peggiori. Non mi piace parlare di assassinio, ancora di più se al plurale, assassinii. Ci sarebbero stati atti di vandalismo. Traffico di stupefacenti. Cosa non passammo per colpa di quei due!

Ogni volta che la smettevano di combinare qualcosa, erano due compagni indimenticabili, che ti facevano morire dal ridere e di paura al tempo stesso. Pensando a loro come a un duo musicale, riesco a immaginare la copertina dell'album-retrospettiva della loro carriera. Una raccolta ben poco gloriosa dei loro più grandi (in)successi:

GREATEST HITS
La raccolta definitiva di
Reuben & Archer
2013-17

La prima traccia di quell'album era uno degli episodi peggiori.

Come sempre, c'è una storia a fare da sfondo, e in questo caso è la guarigione definitiva.

La memoria tende a raccontarmi che ci vollero diversi mesi perché il ginocchio di Reuben recuperasse le sue funzionalità al cento per cento, ma forse non andò proprio così. Se ricostruisco il passato sfogliando la cronologia delle foto dei miei cani, alcuni scatti di quell'inverno raccontano una storia diversa: il più in evidenza mostra una giornata al Sud, in spiaggia, con Reuben e Archer avvinghiati in uno dei loro tipici giochi violenti. Alla fine dell'anno, erano tornati a essere pura forza minacciosa, e ancora più decisi di prima. Soprattutto Reuben. Il giocatore migliore era rientrato in squadra, baby, ed era pronto a metterla sul personale. Il luccichio nei suoi occhi diceva tutto.

Una cosa che non ho ancora detto è che chi ha un cane problematico di solito esce con il buio: prima dell'alba, quando ancora non si è fatto chiaro, o la sera, quando le ombre si allungano. Vi teniamo nascoste le nostre bestie.

Mi domando quanti altri padroni come me abbiano utilizzato anche la mia tattica secondaria: portarli fuori quando piove. Troppo bagnato per le persone con degli amici a quattro zampe normali? Per noi è perfetto. Avevo già visto troppe volte Archer puntare alla gola di cani più lenti e più piccoli, e avevamo sfiorato la tragedia in diverse occasioni, quando era presente anche Reuben. Se Archer cominciava il lavoro, sapevo che lui l'avrebbe portato a termine senza problemi. L'unico contrappunto positivo era il fatto che Archer si lanciava prima sul fratello, per far fuori il rivale. Io potevo mettermi fra loro, afferrare la prima spalla che trovavo e trascinare fuori dalla mischia uno dei due. E la minaccia era dimezzata.

Solo una volta capitò un incidente un po' più grave, quando Archer andò a fare il prepotente da solo. Era presto. Eravamo a Centennial Park e c'era un po' di nebbia. Per qualche motivo, un Labrador nero attirò la sua attenzione, e ancora oggi lo rivedo mentre lo raggiunge e lo atterra, per poi lasciarlo andare e sopraffarlo di nuovo... e poi ancora... e poi ancora, per la quarta volta. Il proprietario, un tizio grande e grosso, era fuori di sé. Arrivai persino ad affidare Reuben, che era al guinzaglio, al proprietario di un Kelpie che conoscevo di vista, per correre da quei due.

«TENGA SOTTO CONTROLLO IL SUO FOTTUTISSIMO CANE!»

Ora: ci sono parole che non vuoi sentire, soprattutto a inizio giornata, ma questo è ciò che mi sentii urlare addosso quando finalmente riuscii a fermare Archer. Provai a scusarmi, ma quel tizio stava già sparendo nel bosco, senza smettere di borbottare. Non potevo biasimarlo.

«Sono mortificato!» gli urlai, ma le parole non gli arrivarono, e forse sarebbe stato meglio non dire nulla.

(Il risvolto ironico è che quel tizio lo vedo ancora e mi saluta di tanto in tanto, perché non si ricorda né di me né del cane che avevo allora. Somiglia un po' a Kojak, testa perfettamente rasata, e il suo Labrador c'è ancora e sta bene. Ma è passato un po' di tempo dall'ultima volta che l'ho visto; di solito ci incrociamo sul ponte pedonale sopra Oxford Street, che porta al parco e al pendio, ovvero la scena della scazzottata.)

Dopo quella volta, resi le cose più facili tenendoli lontani dagli altri cani in generale. Li portavo a correre insieme, ma dove non c'era nessun altro. Non scendevo quasi più lungo il pendio del parco e, se lo facevo, ne pagavo le conseguenze. I Pastori tedeschi continuavano ad accerchiare Reuben, e si trovavano ad affrontare non soltanto lui, ma anche il suo primo tenente. Il parco poteva trasformarsi nel teatro di una rissa di strada; e non ne valeva la pena. Così li lasciavo liberi solo quando erano soli. Mi tenevo verso il confine esterno del parco, o nei recessi più interni e tranquilli. La mattina presto quei campi erano deserti, ma io ero sempre vigile, sempre teso. Il prezzo di un cane selvatico è la tua libertà: non puoi mai rilassarti completamente.

Detto ciò, si verificò un paradosso più assurdo ancora: giorno dopo giorno, quei due diventavano più disciplinati. Persino Archer cominciava a obbedire. Veniva quando lo chiamavo, si sedeva a un palmo dalle mie scarpe. A volte mi sfiorava, anche, lo sentivo contro le gambe. «Ehi, Arch» gli dicevo, e lui mi guardava in faccia. E Reuben lo colpiva per allontanarlo.

Spostati, testa di cazzo.

A chi hai dato della testa di cazzo, testa di cazzo*?!*

Si accendeva una scintilla, che si spegneva immediatamente, nell'istante in cui dicevo loro di smettere. Si sedevano guardando in direzioni diverse, tutti e due belli diritti, immobili, la loro natura selvatica chiusa da qualche parte. E in un attimo tornavano a essere fratelli.

Ed era sempre questo il dilemma.

Bastavano pochi secondi e scatenavano il caos.

Un Beagle sorrideva dietro un angolo, e *bang*. I proprietari degli altri cani erano comprensivi, soprattutto quando io fischiavo e loro due tornavano immediatamente. Il timore è che qualcuno non la prenda bene, un atteggiamento del tutto comprensibile. Incidenti del genere erano l'un per cento della totalità, ma è di quell'un per cento che parleremo, qui. Come ho detto in precedenza, dimentico con troppa facilità i bei momenti, che erano la stragrande maggioranza, quindi per un attimo voglio concedermi di tornare là... a quelle mattine di luminoso ottimismo, di routine stabilite e impeccabili.

Ricordo che una mattina presto andai giù al parco, e vidi Penny, della libreria del quartiere. La riconobbi subito per i capelli scuri drittissimi e per la postura perfetta, e lei alzò lo sguardo e vide i cani. Stavano percorrendo il sentiero di gran carriera, e poi si fermarono accanto a me, perché *è qui che dobbiamo fermarci.* Era il posto dove ci fermavamo prima di attraversare la strada. Mentre se ne stavano lì seduti, tra le foglie cadute, lei mi gridò: «Oh mio Dio, Markus, come sono educati!»

«Credimi, Penny» le dissi «abbiamo anche noi le nostre giornate difficili.»

Reuben e Archer erano seduti, un po' inclinati in avanti, in attesa di una parola o di un gesto da parte del sottoscritto.

«Okay» dissi, e partirono.

Tra i ricordi spicca anche una delle nostre uscite sotto la pioggia. Era pomeriggio, e dal nulla scoppiò un acquazzone torrenziale che in pochissimo tempo allagò il parco.

Come faccio spesso con Frosty, anche con Reuben e Archer in genere mi mantenevo nelle zone più esterne. Quel giorno, nel prato di Reservoir Fields adiacente alla larga distesa di Oxford Street, si misero a correre da una parte all'altra, disegnando lunghi archi mentre spiccavano balzi, per poi ricongiungersi come lampi di elettricità. A un certo punto mi fermai a guardarli. Tirai fuori il telefono e scattai una foto, una soltanto, che divenne la mia preferita di sempre di loro due. È uno scatto che ritrae gioventù acerba e accecante velocità, in cui Reuben è un'ombra tangibile e Archer pura muscolatura, a mezz'aria, in bella mostra. Si capisce che si sta muovendo verso l'esterno, ma che vuole girarsi dall'altra parte, senza nessun timore del treno merci che incombe su di lui. A oggi, resta la fotografia più bella che abbia mai scattato. In assoluto.

Sto per arrivare al punto. Una promessa che suona un po' come una minaccia. (Non puoi intitolare un capitolo *Incubi a Reservoir Fields* senza un minimo di suspense.)

Dovrei prima spiegarvi che sono proprio le eccezioni e le anomalie a terrorizzarmi: l'un per cento dell'un per cento degli episodi. Sono quelle decisioni innocenti e sconsiderate che portano a universi di dolore non previsto. Ogni volta che percorri un sentiero alternativo, che prendi una scorciatoia, che arrivi dieci minuti prima o dopo, hai infranto le regole del gioco. Se cambi il terreno o i parametri, rischi di incorrere in una punizione. Come accadde un sabato di gennaio, nel 2013.

Impiegai meno tempo del solito ad alzarmi.

Mancava ancora un po' all'alba, quando entrammo nel parco, e optai per l'area di Reservoir Fields, che si era asciugata dopo l'acquazzone. Non ci andavamo mai la mattina.

Lungo il lato orientale c'è una recinzione di ferro a rombi, che potrei definire vecchia e stanca, alta forse due metri e mezzo, per fermare i palloni impedendo che rotolino giù dal pendio. Più avanti c'è un'altra piccola distesa d'erba, con i gradini che salgono fino al prato e all'intricata barriera di ferro. Tutt'intorno c'è un sentiero pedonale, una comune strada di passaggio.

Quando ti metti al limitare di quell'area, hai la città davanti, in lontananza, e il lago artificiale alle spalle. Distese di prati si allungano più in basso, appena dietro le tue spalle, a sinistra. Oggi non c'è più l'albero allampanato vicino alla recinzione, che probabilmente arrivava a cinque metri d'altezza. Non ricordo più che specie fosse, forse una banksia, ma ciò che ricordo bene di quella mattina è la luce che c'era o, piuttosto, che mancava. C'era quel bagliore che aleggia quando il sole è ancora al di sotto dell'orizzonte, e le luci della città continuano a splendere. Il mondo non diventa mai completamente buio ai confini di Centennial Park, il che è un conforto e al tempo stesso crea un po' di disagio. Se ci facessimo male, potremmo trovare facilmente qualcuno che venga in nostro soccorso, ma il rovescio della medaglia è che i crimini che commettiamo non sono mai del tutto nascosti. E quella mattina non fece eccezione.

Stavamo percorrendo il perimetro del parco, accanto a noi su Oxford Street c'era qualche auto. Né Reuben né Archer erano al guinzaglio: sapevo che si sarebbero tenuti lontani dalla strada. Davanti a noi, la distesa d'erba era spettrale, come un mare grigio circondato dalla terra.

D'istinto, girammo verso la recinzione, e d'un tratto mi accorsi che Reuben sembrava particolarmente interessato all'albero. Costeggiò l'area fino a raggiungerlo, come un lupo o uno sciacallo. Le ferite passate completamente dimenticate. Riuscivo a percepire la tensione nel pelo arruffato. Aveva la classica posa da caccia, proteso in avanti, leggermente sollevato sulle zampe, e c'era anche un segno rivelatore maggiore: una zampa anteriore che penzolava mollemente in aria. E che tremò per un momento per poi rimanere immobile.

Alzò gli occhi verso i rami.

Aveva il fuoco negli occhi.

Lo sguardo pericolosamente fisso su un punto.

Doveva esserci qualcosa là sopra, un uccello, un pipistrello, un opossum. E poi la vidi. Una coda a spazzola, al sicuro tra i rami alti.

«Bravo Reuben, che occhio di falco, ma adesso scordatelo» gli dissi. «Non riuscirai mai...»

E un attimo dopo era già partito.

Saltò sull'albero e in qualche modo cominciò a risalire il tronco.

«Oh, merda!»

Non feci in tempo a dirlo che era già abbastanza in alto da trascinare giù la bestiola, mentre ringhiava... e questo come faccio a spiegarlo in termini gentili? L'opossum non accettò la cosa senza protestare. Lanciò un urlo possente e barbarico, quasi avesse incontrato uno spettro, e poi uno squittio tonante. Non so dirvi quanto durò, ma fu uno scontro notevole, di mezzo minuto, almeno (che è tantissimo, quando il tuo cane sta lottando con un altro animale, ve lo posso assicurare). Arrivai a metà, rischiando di essere azzannato da Reuben o graffiato dagli epici artigli dell'opossum, mentre lottavano per la propria vita, letteralmente, in quel torbido gioco di luce.

E adesso una domanda che potrebbe sembrare strana: avete mai cercato di strappar via il vostro cane da un altro animale mentre sta cercando di ucciderlo? Dovete credermi se vi dico che è quasi impossibile. Non riesci ad afferrare né l'uno né l'altro, con tutte quelle parti in movimento. Dimenticate quanti muscoli usi un uomo per sorridere, o per corrugare la fronte: un cane, quando combatte, usa ogni singolo muscolo.

Mentre ero impegnato in quel corpo a corpo e urlavo senza sortire nessun effetto, la zuffa migrò verso i piedi della collina, nel prato sottostante, una distesa piana di dimensioni più ridotte. Erano finiti in una sorta di arena, o nella valle della morte, e io ancora non riuscivo ad afferrare il mio cane. La struttura muscolosa, travolgente, illuminata dalla luce. Gomiti e cartilagine, forza pura. Cuore e bocca, come quelli di un vulcano.

E l'opossum?

Un teatro di urla.

Continuavano a muoversi, appena al di fuori della mia portata.

E c'era un altro problema, a incombere, come potrete immaginare: *l'altro*. Una presenza bionda che si lanciò in mezzo a loro, quasi fosse stato sparato da un cannone lì vicino.

«ARCHER!» strillai. «RESTA DOVE SEI!»

Ma naturalmente era impossibile fermare sia lui, sia il furore della battaglia che si stava consumando davanti ai suoi occhi.

«REUBEN!»

Li raggiunsi e trovai un appiglio. Riuscii ad afferrarlo per il collo, mentre con l'altro braccio gli cinsi il dorso. Di nuovo, lo chiamai urlando, e la voce non era mia. Avete presente quelle situazioni in cui ti senti all'interno del tuo corpo, ma al tempo stesso sei lì a osservare la scena? E quel suono lungo che riecheggia in lontananza sei tu.

Alla fine, lo atterrai.

E lui si scrollò di dosso l'opossum quasi fosse una palla di fuoco. L'animale rimase immobile, sputato fuori, storto, una figura in una fotografia deformata. E accanto, troppo vicino perché potessi stare tranquillo, c'erano le zampe prodigiose di Reuben.

Quante ossa ci sono in un opossum? Che cosa c'è sotto la sua pelliccia umida? Quali meccanismi e ingranaggi fanno funzionare quegli occhi vigili e curiosi? Quanto pesa il suo cuore?

In seguito mi sono documentato, e le ossa sono centoventisei... e, quando quelle centoventisei ossa colpirono il terreno, quella mattina, furono subito prese d'assalto un'altra volta. E ad attaccarle fu Archer, con una velocità che potrei solo definire perversa. Non avevo mai visto una precisione o una spietatezza simili.

«ARCHER» urlai «BRUTTO BASTARDO!»

Reuben partì un'altra volta.

Ma lo atterrai. «Resta qui!» gli gridai, mentre colpivo Archer con la fibbia del guinzaglio. Anche qui, qualcuno dirà: «Oh, *ecco*, bell'esempio di come gestire un cane!» ma in tutta onestà non mi interessa. Lo colpii una volta con la parte metallica, forte, vicino alla testa, e Reuben (che ignorava qualunque cosa non succedesse a lui) si lanciò di nuovo nella mischia. Dio, sarebbe mai finita?

Grazie a un briciolo di fortuna, bloccai Reuben.

«Resta *dove sei*» gli intimai, ancora, e questa volta obbedì. A quel punto riuscii a prendere Archer, ad agganciare entrambi allo stesso guinzaglio e a ricondurli su per i gradini a Reservoir Fields. Mentre li legavo alle sbarre di ferro, per poco Archer non partì di nuovo. Ma lo bloccai e lo gettai a terra. «*No*, stronzetto!» Mi guardò, come chiedendomi:

Che hai detto?

Quanto a Reuben, rimase immobile come un guerriero spartano.

Era coperto di macchie di sangue, pelo e polvere di opossum.

Voleva disperatamente finire il lavoro che aveva cominciato.

A stretto contatto con Reuben. Un cane impegnativo. Sempre. Ci manca ancora terribilmente.

Archer: cane di strada, top model, picchiatore, vandalo, ladro... gentleman. Pieno di contraddizioni, ma l'ho amato con tutto me stesso.

The Frost: immortalato in un momento tranquillo, ma lo scatto d'ira è sempre dietro l'angolo...

Bijoux, sommo guerriero.

Photo: Wesley Lonergan

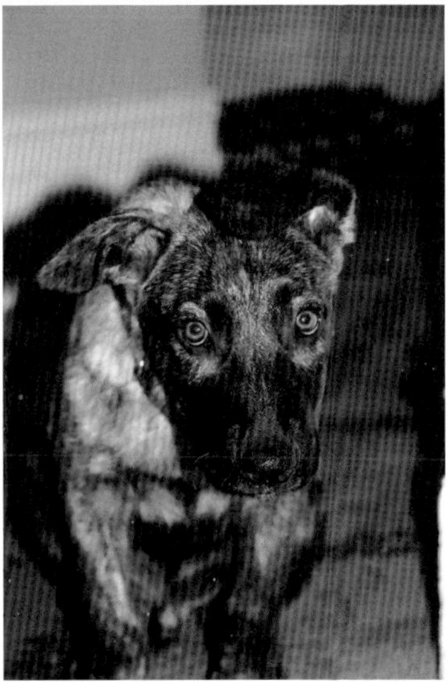

Reuben da giovane: piccola e dolce bestiola.

Il futuro: l'infame volto del terrore.

Amici di infanzia: un greatest hits. Reuben intento a valutare opere d'arte con Kitty e Noah (sopra); Archie, il comodo divano (sotto a sinistra); e Frosty, il più grosso animale da grembo del mondo (sotto a destra).

Breve storia di Reuben e Archer:

Attaccabrighe.

Soldati.

Compagni di squadra.

Fratelli.

Noah e Archie: due secondogeniti in tutta la loro gloria.

Anche se Reuben ha scambiato Noah per cibo quando lo abbiamo portato a casa la prima volta, ha subito imparato che era uno di famiglia, da amare e proteggere a ogni costo.

Noah e Arch: camminate in inverno dopo la scuola.

Mika intenta a prendersi cura di Reuben dopo la sua seconda operazione al ginocchio.

Un'altra giornata al parco: Mika e Archie.

Kitty e i suoi ragazzi.

La complessa relazione di Archer con la letteratura... lettore (sopra); fine conoscitore (sotto a sinistra); distruttore (sotto a destra). Da notare l'autore, vittima sfregiata, immortalato in mezzo alla distruzione. In questo caso, da segnalare il notevole contributo di Reuben.

Un pomeriggio torrenziale: la mia foto preferita di sempre di Reuben e Archer.

L'ultimo bel momento al sole di Kitty e Reuben... era un addio e non lo sapevano.

Reuben, quasi alla fine. Più la vita lo prendeva a botte, più bello diventava.

Mika e Reub: l'ultima mattina.

Ricordando i bei tempi,
i bellissimi tempi!

Archie che si abitua alla vita da solo: qui mentre si gode una partita a Monopoli.

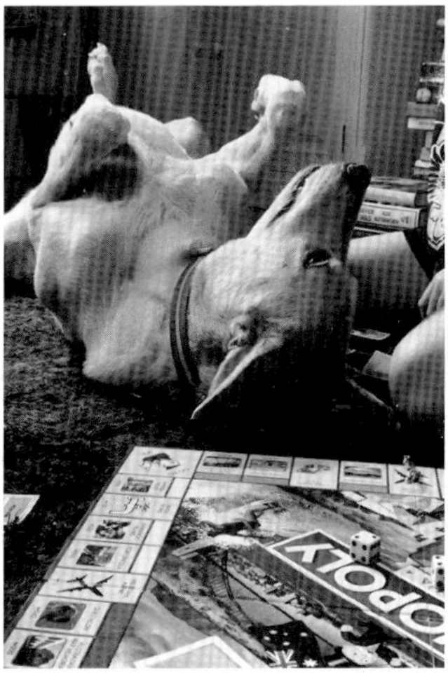

Arch, dopo gli incendi: come camminare sulla superficie della luna.

Non che Archie e Brutus siano mai diventati amici o qualcosa del genere, eh?

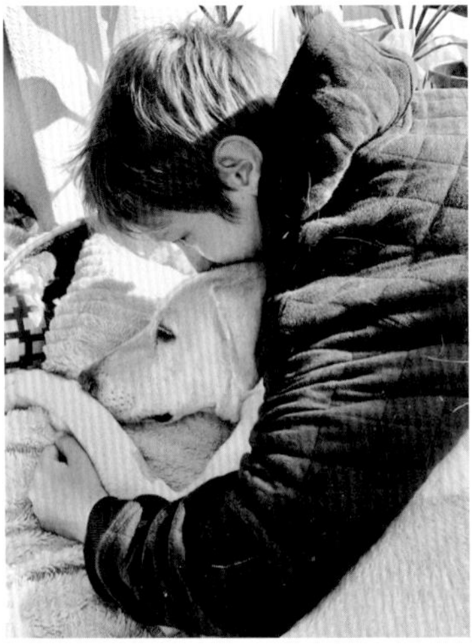

I cani che stanno per andarsene sono tragici e luminosi, proprio come i bambini che li amano.

Archer. La mia sentinella; è ancora adesso il mio screensaver, e veglia su di me mentre lavoro.

Stadi di Frost:

Fanatico dei bastoni.

Tesoruccio.

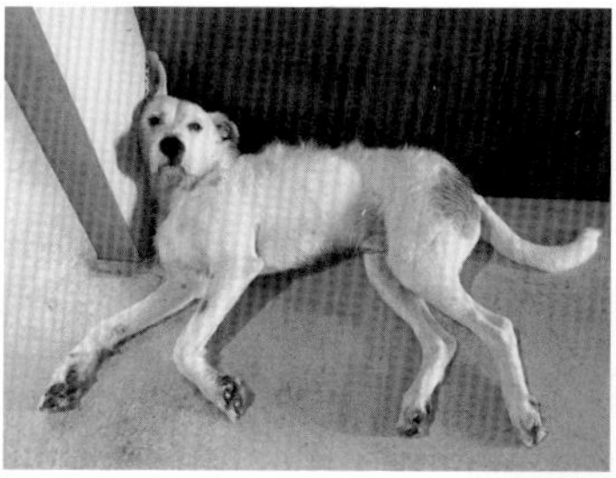

Non proprio fotogenico.

Tutto matto.

Cosa rimane? Ci appartengono, e noi gli apparteniamo.
Non c'è un cane che vorrei dimenticare.

E, a quel punto, lo strazio.

Tornai sulla scena del crimine, temendo che l'opossum fosse morto ma al tempo stesso sperando in un miracolo. Invece mi trovai davanti qualcosa di peggio: una combinazione agghiacciante delle due cose.

Come avevo sperato, l'opossum era ancora vivo, supino, con brandelli di pelliccia tutt'intorno. (D'accordo, dimenticate quante ossa ha, perché la domanda più urgente è: quanto pelo ha? Ve lo dico io: una montagna.)

Quindi sì, con mia grande sorpresa e orrore, respirava ancora, ma il respiro era troppo debole e si faceva via via più accelerato. La pelliccia scura variegata sembrava un sacco pieno di nuvole, ma con il colore della terra.

Oh, merda, pensai, e lo guardai negli occhi, ed erano grandi come le luci dei lampioni. Il battito del cuore era troppo veloce. Mi accovacciai, ma non c'era niente che potessi fare. Gli artigli erano semi incurvati verso il cielo. Ricordo quelle minuscole zampette... e, un istante dopo, il bagliore non c'era più.

Vidi la vita ritirarsi, chiudersi in sé stessa.

E la luce nei suoi occhi spegnersi.

Quando assisti a una cosa del genere, ti ci vuole qualche minuto per comprendere, per accettare. Inspirai aria, insieme alla semioscurità di quella mattina. Aria e deboli bagliori. Mentre osservavo la scena, notai che la carneficina era stata anche peggiore di quanto avessi immaginato. Era la fine di una guerra durata un minuto scarso, i cui resti però erano notevoli: una terra promessa di pelliccia di opossum. Era ovunque, dalla recinzione al luogo dell'ultimo respiro; e intanto stava spuntando l'alba, che gettava luce su quello spettacolo spaventoso. Due cani legati più in alto, ai margini di Reservoir Fields, che presiedevano la loro creazione. E poi il sottoscritto, in ginocchio nel punto in cui si era consumata la battaglia... e, per quanto terribile suoni, il tempo ci era già nemico.

Pensa, mi dissi, *pensa*.

D'accordo. Mi ricomposi.

Tornai dai cani.

Li guardai con una tristezza selvaggia, e propinai loro quel poco di letteratura che si affacciò alla mia mente in quel momento.

«Stronzi» dissi. «Siete due fottuti bastardi.»

Reuben era ancora alle prese con la pelliccia che gli era rimasta in bocca, e gli dissi che per me ci si poteva anche strozzare.

Restammo lì per un po', insieme.

Sentivo il peso del loro respiro.

E cominciò la lotta con la mia coscienza.

Non durò molto.

Mentre mi riprendevo, considerai un'intera gamma di possibilità – riguardo a cosa fare dopo, e come – e giunsi a un tetro triumvirato.

Prima ipotesi: potevo lasciare i cani legati e raccogliere tutto quel che restava dell'opossum, dalla carcassa alla pelliccia sparsa ovunque. (Mi ci sarebbero volute non meno di due ore, non vi sto prendendo in giro.) Seconda: potevo prendere quei cani scappati dall'inferno, portarli via dalla scena del crimine e provare a dimenticare che fosse mai avvenuto. Terza: potevo portarli a casa e tornare a ripulire.

La possibilità di decidere mi venne tolta dalle mani, perché, mentre esaminavo il perimetro alla ricerca di eventuali testimoni, a un centinaio di metri da noi vidi un uomo che stava girando attorno al lago. E, per rendere tutto ancora più perfetto, aveva con sé un bambino, che stava spingendo su un passeggino: una dannata e inquietante vendetta! Immaginate di starvene lì con due cani con la bava alla bocca, sporchi di sangue, sopra alle maledettissime prove di quello che hanno appena fatto. Già mi sentivo, mentre cercavo di discolpare tutti e tre: «Non siamo stati noi», con l'aria furtiva da protagonista di un noir, o meglio della sua parodia comica. D'un tratto, mi sentii completamente esposto.

Opzione tre.

Presi i cani, uno alla volta, imprecando mentre stringevo i guinzagli, ed entrambi cominciarono a muovere la testa. Volevano altro tempo con la vittima.

«No, no... no!» Avete presente quell'urlo che cerchiamo di ingabbiare in un sussurro? «Con me» dissi. «*Con me.*»

Appena prima di attraversare le sei corsie di Oxford Street, finalmente trovai il coraggio di girarmi. Temevo di vedere quel papà sulla scena del crimine: invece no, non era sceso fino a lì. Per lui non c'era stato nessun assassinio. Nessun combattimento, nessun bruciante attacco alla gola, niente cani con il fuoco negli occhi.

Andai a casa, disperato e furioso.

E intanto continuai a borbottare: «Perché diavolo avete dovuto fare una cosa del genere?»

C'era ancora elettricità statica. In tutti e tre. Loro avevano il pelo ritto, io le braccia doloranti dopo lo sforzo per staccarli dall'opossum. Di tanto in tanto i due si voltavano, sperando di cogliere un'ultima zaffata del suo odore.

«Con me» ripetei.

Con me, con *me*.

Un uomo e i suoi due killer.

Era come portare a spasso due Al Capone.

A casa, li lasciai nel cortile sul retro come facevo sempre quando rientravamo dalla passeggiata. Quel giorno, però, lo feci per allontanarli, per non averli vicini. So per certo che speravano di trovare un altro opossum, o qualche stupido animale che fosse scivolato da un albero.

Andai in cucina e mi sedetti, con il morale a terra, mentre nella mia testa riassumevo ancora la situazione. Dovevo tornare là? Dove senz'altro avrei trovato più persone? E se avessero cominciato a fare domande? (Lo so, non ero proprio Raskol'nikov di *Delitto e castigo*, che uccide la sua padrona di casa e ne paga le conseguenze per il resto del romanzo. Realisticamente, ero più un complice. Comunque. Mi sentivo un uomo con le mani sporche del sangue di un opossum, con due macchine assassine nel cortile dietro casa.)

Mika scese poco dopo, e le raccontai la sordida saga dall'inizio. I cani ci guardavano dalla porta, attraverso la nebbia formata dal loro respiro. L'aria innocente, nonostante quello di cui erano stati capaci.

Quanto al dilemma di tornare al parco e dare una ripulita, ne parlammo a fondo, mentre sorseggiavamo caffè come due criminali. Se io ero complice del misfatto, Mika era complice del complice. E, alla luce dei fatti, prendemmo questa decisione.

Non sarei tornato al Centennial.

Invece, chiamai l'ufficio del guardiano, e rimasi sorpreso quando qualcuno effettivamente rispose. Con molta calma, dissi di aver trovato un opossum morto in un'area piuttosto importante del parco. Spiegai con esattezza dove si trovava e, senza la minima vergogna, aggiunsi: «Non credo abbia avuto una morte piacevole, se capisce cosa intendo. Forse è stata una volpe, c'era un bel disastro».

Mandai giù per l'ultima volta senso di colpa e consapevolezza criminale. «Non vorrei che qualcuno... sa, magari qualcuno con dei bambini... si trovasse a passare davanti a quella scena. Potrebbero rimanere turbati.»

Turbati.

Ma la sentite che razza di stronzata?

La verità è che, se mi fosse ricapitato oggi che ho molta più esperienza in merito alle conclusioni scontate di certe azioni, avrei lasciato là la pelliccia e avrei portato via la carcassa nuda, nascondendola in mezzo all'erba più folta per tornare in un secondo momento a seppellirla... in parte per rispetto, in parte per l'odore che presto avrebbe emanato. Mi rendo conto che per qualcuno sembrerò senza cuore, e per qualcun altro sarò tanto sensibile da rasentare il ridicolo.

«Hanno ucciso un opossum, è terribile!»

«Hanno ucciso un opossum, era solo un opossum!»

Per quel che mi riguarda, alla fine, una morte è pur sempre una morte, e un assassinio un assassinio. La maggior parte degli esseri umani possiede una coscienza, incluso il sottoscritto, ma siamo anche complici in un mondo in cui gli animali vengono allevati e macellati; siamo ipocriti, a provare dispiacere in momenti come questi. Conta solo quando assistiamo all'uccisione? Quando non è stata un'idea nostra?

Comunque, fui sollevato quando il guardiaparco mi disse che se ne sarebbero occupati, ringraziandomi di aver chiamato. (Per quel che ne so, potrebbe aver riappeso voltandosi verso il collega, dicendo: «Grandioso, un altro opossum ammazzato. Vorrei avere un dollaro per ogni chiamata come questa... la pelliccia di quegli animali è dannatamente appiccicosa».)

Quanto a me, guardai fuori: i cani, il loro respiro e la

nebbia. Come in tanti gialli televisivi, eravamo al punto della trama in cui i cattivi la fanno franca, *per questa volta*. E com'erano riusciti a cavarsela?

In verità era stato piuttosto semplice.

Era bastata una telefonata anonima.

In cui mi ero esibito in una raffinata performance di bugie.

Mi allarmai, anche se non troppo, pensando a come fosse filato tutto liscio. La gente va in giro dicendo che facciamo del male solo a chi amiamo, ma c'è una verità più cupa dietro a quest'affermazione, la capacità nascosta e inaspettata di proteggere gli oggetti del nostro amore.

Gli anni dei pensieri maniacali

Guardiamo in faccia la realtà: se un cane di una certa razza e con un temperamento particolare trova un opossum, diventa un cacciatore che ha avvistato la preda. Non c'è assolutamente nulla che possiamo fare.

(Più avanti sicuramente vi descriverò nei dettagli le mosse da cacciatore di Frosty, che per ora potete paragonare a Reuben con la zampa sollevata e penzolante, anche se, anziché arrampicarsi agilmente sugli alberi, fa salti in aria piuttosto comici, per poi atterrare sulle zampe annientando qualunque creatura sia annidata nell'erba alta. È un predatore e anche un fuggitivo. In effetti, fa sembrare i suoi predecessori due santi.)

Quanto all'adrenalinico incidente con l'opossum a Centennial Park, non posso certo dimenticarne gli strascichi. Il ricordo di tutto quel rumore, la gamma di strilli acuti nelle mie orecchie. L'inutile autocommiserazione che mi aveva cotto a fuoco lento.

Perché? Perché a me? Perché avevo deciso di prendere quelle due creature psicotiche?

Ricordo che andai a correre, quella stessa mattina, cosa che non facevo quasi mai. Di solito, per questioni di tempo, e avendo due cani pericolosi, approfitti di ogni opportunità per portare a correre *loro*.

Per mesi li tenemmo sotto stretta sorveglianza.
Una cosa del genere non doveva più ripetersi.

E invece, be'...
Nella merda ci finimmo ancora.
Per usare le parole immortali di tanti illustri personaggi prima di me: quello era solo l'inizio. Ce n'era ancora tanta, ad attenderci. Avevamo quei due cani, ancora nel fiore della gioventù. Ne avevamo ancora di strada da fare.
Volendo dare un ordine cronologico, considero quel gennaio un doppio inizio. L'inizio dei pensieri maniacali e quello della comicità più dark e impavida. (Una cosa l'ho imparata, finalmente: quando una porzione sostanziosa della tua vita si svolge al confine con la sciagura, il divertimento è quasi assicurato, per quanto turbolento.) In fondo, quei cani erano due bastardi fatti e finiti, ma erano anche bellissimi e adorabili. Potrei paragonarli a dei figli adolescenti. Quando sei riuscito a mettere un freno alla follia, e hai negoziato con loro la durata della punizione, è solo una questione di tempo prima che arrivino le risate.
E quei due erano uno spasso, sempre.
Soprattutto quando si comportavano male.

Il primo posto in classifica va al traffico di stupefacenti.
Sì, avete capito bene. Droga.
Diciamo solo che non capita spesso di andare dal veterinario quattro volte in un solo giorno per far fare una lavanda gastrica ai tuoi due cani.
Dal momento che viviamo vicino alla scuola elementare del quartiere, per anni capitò che qualcuno ci lasciasse i figli, la mattina, o che i bambini si fermassero da noi nel pomeriggio. Era una cosa che ci piaceva moltissimo, anche se dovevamo tenere d'occhio i cani. L'imprevedibilità

appartiene sia agli animali, *sia* ai bambini, pertanto era più sicuro chiudere Reuben e Archer nel mio studio.

Era fine aprile, quindi i gatti dovevano fare il richiamo del vaccino, e Reuben doveva ricevere un'iniezione di Pentosan, per mantenere ben lubrificato – come diceva Paul – il ginocchio ricostruito. Portai prima i gatti (e mi feci una maratona di miagolii, in auto) e tornai più tardi con Reuben, che zoppicava leggermente sulla zampa operata. Per farlo stare meglio, Paul gli prescrisse degli antinfiammatori che mise in una bustina di plastica richiudibile, dicendo che con quelli sarebbe stato benone.

Quando tornammo a casa, quel pomeriggio, Archer era già nel mio studio, e portai di sopra anche Reuben. Avevo le compresse in tasca, e ancora oggi non so dirvi perché decisi di gettarle sulla scrivania, nella loro bella bustina di plastica. Ce n'erano sedici, forse diciotto, non lo so, e sembravano dei dadi, solo più piatti e color marroncino. Lavorai un po', poi lasciai i cani sui loro grandi letti, che occupavano una parte considerevole del pavimento, e tornai di sotto dai bambini, che si divertirono a saltare sul trampolino e mangiarono qualche spicchio di arancia. Quando i genitori li ebbero riportati a casa, forse un'ora dopo, salii nel mio studio e trovai la bustina fatta a pezzi, bagnata di saliva.

Chiusi subito gli occhi.

Reuben e Archer erano belli contenti sui loro letti.

«Oh, merda.»

Alzarono entrambi lo sguardo, contemporaneamente.

«Vi siete mangiati gli antinfiammatori!»

Cercai qualche resto solitario. Niente.

Perché, non volevi?

Ebbi quasi l'impressione che si scambiassero un'occhiata, alzando le spalle.

Noi abbiamo pensato che le pasticche fossero per noi. Altrimenti perché le avresti lasciate lì? Sulla scrivania? Incustodite? Cioè, cosa ti aspettavi?

Di nuovo, costituimmo una giuria.

Mika e io credevamo fosse stato Archer, notoriamente il più avido tra i due. Si era fatto buio, ormai, ma l'ambulatorio era ancora aperto, così chiamai Paul e gli raccontai l'accaduto. Gli dissi anche che sospettavamo fosse stato Archie, e suggerì di portarglielo subito. Dopo una pausa giudiziosa, aggiunse: «Potremmo dovergli fare una lavanda gastrica».

A oggi sono ancora ignorante sulla procedura applicata a noi umani, ma Paul si servì di una sorta di miscuglio che gli fece inghiottire per forza, per fargli tossire fuori le compresse. Aveva steso anche dei fogli di giornale e, in accordo con la legge di Murphy, Archer (che aveva fegato da vendere ma lo stomaco notoriamente debole) vomitò all'istante, e abbondantemente, ovunque tranne che sul giornale. Dopodiché Paul, che Dio lo benedica, si mise al lavoro. Ed esaminò quello che ci aveva lasciato Archer.

Poco dopo, alzò lo sguardo.

E non era quello che avevo sperato di vedere.

«Markus, mi spiace dirtelo, ma non vedo molte tracce di pasticche, qui...» Indossava dei guanti di plastica, era ancora accovacciato, la luce si rifletteva sugli occhiali. «Pensi che esista la possibilità che sia stato Reuben a mandarle giù? E non Archer?»

Potevo non mettermi a ridere? «Ti rendi conto che sono già venuto qui tre volte, oggi, vero?»

Mi rispose con la consueta ironia, mentre usava i fogli di giornale per dare una prima ripulita, liquidando con un gesto della mano la mia offerta di aiutarlo. «Be', andiamo parecchio d'accordo.»

Guardai Archie, che sembrava stordito, nauseato e confuso.

«Tu» gli dissi «vieni con me.» Mi rivolse un'occhiata mesta. «Non ti preoccupare, adesso tocca a Reuben» aggiunsi, il che sembrò rallegrarlo un po'. «Va bene se te lo porto subito?» chiesi a Paul.

«Andata.»

Stava accartocciando i giornali.

E poi toccò a Reuben.

Duro come i chiodi di una bara.

Mettiamola così.

Con Archie, Paul probabilmente non aveva dovuto nemmeno usare la tanto temuta polverina. Reuben, invece, entrò e capì subito. Capì che Paul aveva in mente qualcosa di più diabolico del solito, e si rifiutò di aprire la bocca. Quando riuscimmo a fargliela spalancare, finalmente, mandò giù il miscuglio, e poi guardò Paul, sconcertato.

Tutto qui?

Paul gli rispose con un: «*Mmm*». E lo guardò come spesso faceva, con quel misto di affetto e ironia. «La maggior parte dei cani restituiscono questa roba abbastanza alla svelta, quindi diamogli un minuto.»

Un minuto, due... niente. Ancora un po' e avremmo dovuto accendere la radio, anche se Paul era già un'ottima compagnia. Spesso mi parlava dei libri che stava leggendo (all'epoca era un grande fan di Justin Cronin), e io ascoltavo volentieri.

Dopo il terzo minuto, Paul diede a Reuben un altro aiutino. Tenendogli la bocca aperta, gli fece ingoiare la polvere; di nuovo non accadde niente, solo che questa volta lui non sembrò perplesso, ma un po' risentito.

So che cosa stai cercando di fare e, tanto perché tu lo sappia, non funzionerà.

Al terzo tentativo, Paul cominciò a parlare di statistiche. C'era questa cliente che leggeva le previsioni in tv, che gli aveva portato il suo cane. E, apparentemente, il suo piccolo e coriaceo Schnauzer aveva un'altissima tolleranza alla polvere.

«Se Reuben regge anche alla terza somministrazione» disse «e dobbiamo dargliene una quarta, il record sarà ufficialmente suo.»

Mi domandai per un attimo se si sarebbe meritato una medaglia, o una targa. E con quale dicitura, poi?

«Be', questo ci rende tutti orgogliosi.»

Paul sembrava intrigato dalla vicenda. «Non è un brutto record, direi.»

«D'altra parte non potrebbe mai vincere un concorso di bellezza, giusto?»

«Andiamo, Markus, questa è un po' cattiva. C'è senz'altro del fascino, seppure un po' rude, in questo cane. Guardalo.»

Lo guardammo tutti e due.

Reuben si era schiacciato contro la parete, come un bevitore compulsivo che cerca di stare diritto. Pura determinazione. Dio, quanto lo amavo. Ci guardò con gli occhi cisposi. Ma sembrò riprendersi di nuovo, e a questo punto Paul aveva visto abbastanza. «Be', Reuben, devo concedertelo. Di ferro non hai solo la volontà, ma anche lo stomaco.»

Alla quarta dose di polvere in gola, finalmente vacillò, ma in un primo momento rimase in piedi, fiero, con aria di sfida. Fu *lui* a decidere quando vomitare, in piedi, con le zampe allargate.

E va bene.

Poi si sistemò ben saldo.

D'accordo ma, tanto perché lo sappiate, lo faccio perché mi va. Non ha niente a che fare con voi due.

Con un'ultima dimostrazione di belligeranza, fece un solo passo avanti e produsse. Dopo, Paul si mise di nuovo al lavoro, per esaminare, con eccessivo entusiasmo, se volete sapere come la penso, ma un uomo deve amare quello che fa.

Io abbracciai Reuben. Non potei farne a meno. Quel collo sembrava un grizzly in miniatura. «C'è qualcosa là sotto, Paul?»

Il tono era deluso, quando mi rispose. «Be', mi spiace dovertelo dire, ma no.»

Reuben mi guardò, cupo.

Grazie per la perdita di tempo. Andiamo a casa.

Quell'anno passò come passavano tutti gli altri, almeno per noi.

Con amore, comicità e violenza.

Come in tutte le storie, c'erano dei personaggi secondari, per esempio i cani più piccoli che volevano fare i duri. Mi rendo conto che abbaiare è l'unica arma che possiedono, ma alcuni esageravano, ottenendo reazioni opposte a quelle in cui speravano.

Ogni volta che gli abbaiavano contro febbrilmente, Reuben restava imperturbabile.

Non lo guardo nemmeno quel microbo.

Archer non era così benevolo.

C'era questo cane, non so esattamente di che razza fosse, ma era piccolo e con il muso arrabbiato. Avete presente il genere? Mandibola sporgente, denti che sembrano degli strumenti di tortura medievali. Una coppia di anziani lo portava a spasso nel quartiere e, per quanto avessi anch'io i miei problemi, mi dispiaceva per loro, perché quel piccoletto era ferocia pura. Quell'abbaiare stridulo e riecheggiante. Sembrava avere un megafono. Sono certo che stesse cercando di dire qualcosa del tipo: «Ehi, ragazzi, me la sto facendo sotto e sono un nano, quindi potreste tenervi a distanza?»

Ma l'effetto, in concreto, non era quello, era più l'esplosione di un tuono.

VENITE QUI, FIGLI DI PUTTANA, IO VI DISPREZZO! UN ALTRO PASSO E VI MENO!

Non dimenticherò mai i pantaloni beige dell'uomo, gli occhiali con la montatura di ferro, i capelli spettinati sotto al cappello. E la pazienza della donna, che sopportava tutto e sussultava all'abbaiare del cane.

Reuben non vi badava, naturalmente, ma, ogni volta che li incrociavamo, Archer si voltava a guardare apposta, quasi leccandosi le labbra. Alla fine, guardava me, supplicandomi in silenzio.

Andiamo, amico, una volta sola. Toglimi il guinzaglio, solo questa volta, è tutto quello che ti chiedo, ti supplico!

Non era difficile immaginare cosa sarebbe successo.

E un giorno, a casa, ne ebbi un assaggio.

Una vicina, Iska, con cui condividevamo il vialetto, aveva una femmina di Papillon dolcissima ma testarda. Isabelle, Izzy. Ora, non avevo nulla contro Izzy e la sua corporatura compassata e snob, o contro le sue deliziose orecchie flosce, ma devo dire che le piaceva molto abbaiare ogni volta che le passavamo davanti. Si metteva a strillare dal suo piccolo cortile e, qualche volta, quando Iska la lasciava uscire, ci lasciava dei graziosi regalini davanti alla porta. In un paio di occasioni, poi, urinò alla base del nostro cancello.

Lo so. Potevo comportarmi da adulto, impormi e scambiare due parole con Iska, ma non mi andava proprio, non all'inizio. Pensavo di aspettare finché non fosse diventato realmente un problema, ma la verità è che avrei dovuto immaginare come sarebbe finita. Un cane che marca il territorio di un altro cane? È una dichiarazione di guerra, ed era rivolta ad Archie. Che aspettava solo la possibilità di vendicarsi.

E accadde, un sabato pomeriggio.

Rientrai con i cani, dopo la passeggiata, tolsi loro il guinzaglio e lasciai il cancello aperto per qualche momento appena: di solito entravano dritti in casa, ma quel giorno bastò un secondo. Izzy venne giù dal vialetto, lanciandosi in una delle sue invettive, e Archer mi passò accanto, con un ghigno malefico. Non l'avevo mai visto con la bocca tanto aperta. Non riusciva a credere a quell'insperato colpo di fortuna.

«Archie!» lo chiamai. «Merda!»

Come un veicolo biondo che sbandava, fuori controllo, la falciò in due secondi netti. Poi, quando Izzy riuscì a rimettersi in piedi mentre si chiedeva in nome del *fottuto champagne francese* che cosa le fosse successo, lui frenò, ormai quasi in fondo al vialetto, e tornò giù urlando, puntando dritto su di lei, e calpestandola mentre tornava verso casa.

Iska, poverina, aveva le palpitazioni quando Archie mi passò accanto trotterellando.

Te lo avevo detto che prima o poi l'avrei beccata.

Mancava solo che strofinasse le zampe, quasi a voler dire: «Fatto».

Quanto a me, diedi inizio alle trattative di pace.

«Oh, cielo, Iska, mi dispiace tanto... Izzy sta bene? Maledetto Archie, quel brutto prepotente!»

Una cosa gliela devo riconoscere: Iska era eccentrica, ma era molto brava a capire i cani. Perdonò in fretta, ma non avrebbe mai, mai dimenticato. Anni dopo, avrebbe continuato a dire: «Oh, brutto Archie, cane cattivo» quando lo vedeva. Sorrideva, però, senza rancore. «Sai, Izzy se lo ricorda ancora...»

Ci scommetto, pensavo io.

E, se non posso elogiare i metodi che usò Archie quel giorno, ebbe comunque un merito: Izzy non pisciò mai più vicino al cancello, e una cosa divenne più che chiara. Nelle guerre di periferia, che fossero risse di strada o bisticci, o che avesse a che fare con qualche peste più piccola e insolente, avrei sostenuto Archer in ogni caso. O quasi.

Vandali

In quegli anni di esplosioni di violenza e follia, ci furono anche furti e atti di vandalismo, il che porta a una seconda domanda.

Cosa provocò più caos?

Probabilmente i furti, anche se gli atti vandalici furono più spettacolari. I commenti erano quasi identici. «Archie, maledetto te!» Davamo a lui la colpa di tutto.

Alla fine, ho capito che i cani possono essere divisi in categorie come gli umani. Hanno personalità che vanno dal pacato al pomposo, dal sottomesso al selvaggio, dall'affidabile all'egoista. Cambiano persino le strategie cui ricorrono quando devono fare i loro bisogni. (Reuben era senz'altro un tipo da cespuglio, che voleva la sua privacy, mentre Archer, che si presentava timido e dolce, era una specie di esibizionista. La sua toilette ideale era un campo da football con l'erba tagliata professionalmente, all'interno di uno stadio di tifosi esultanti. Anche se aveva l'aria imbarazzata, si godeva ogni minuto. Era anche un cagatore ambulante, o un Hansel, per così dire, che si lasciava dietro una scia di briciole di pane. E questo è già un indizio del suo talento come combinaguai.)

E i guai erano senz'altro in agguato.

Verso la fine del 2013, mi accorsi che Reuben zoppicava di nuovo, questa volta a causa dell'altro ginocchio posteriore. Capii subito che era andato. Prenotammo l'intervento e lo facemmo operare. I cani vennero separati di nuovo e, dopo un breve periodo nel mio studio al piano di sopra (che comprese un tentativo fallito con il prato sintetico, stavolta), lo tenemmo di sotto con Archer; Reuben se ne stava nel suo recinto. Quando doveva fare i suoi bisogni, lo prendevo in braccio e scendevamo così la scaletta che dava accesso al cortile. Erano un po' più grandi, adesso, quindi, dopo le prime sei settimane di riposo, potemmo portarli fuori insieme, a passo lento. Al guinzaglio non davano problemi. Entrambi camminavano perfettamente diritti. In casa, quando non c'erano Kitty o Noah appoggiati alla gabbia, c'era Archer, il suo pelo biondo su quello marrone di Reuben, separati dal metallo. Un'immagine che mi piaceva contemplare.

Non fraintendete: anche questa volta i sei-otto mesi dopo l'intervento furono piuttosto ardui, ma il secondo ginocchio guarì più in fretta. Adesso, ogni volta che qualcuno ci faceva la classica domanda riguardo alla razza, indicavo Reuben e dicevo: «Be', quello è un cane da due dollari con due ginocchia da cinquemila dollari l'uno». Era un cyborg, se mai ne è esistito uno; o un cane un po' Terminator.

Nel 2014 comprammo una casetta sulla costa, a Bendalong, un rifugio dove lavorare in solitudine ma adatto anche alle gite di famiglia. È una piccola comunità di case di villeggiatura perlopiù malandate, con una manciata di abitanti fissi. Ed è il luogo dove abbiamo conosciuto persone che poi sono diventate gli amici di una vita, in particolare Angus e Masami, i nostri vicini, che all'epoca vivevano lì tutto l'anno. Andammo subito d'accordo per svariati motivi, e inoltre i loro figli sono più o meno coetanei dei nostri. Masami colpisce per il suo spirito generoso, e Angus è il classico burbero dal cuore d'oro, e anche il perfetto compagno di surf, sempre scrupoloso e puntuale. Se vai a surfare verso sera, è uno di quelli che prende l'ultima onda prima di te, e poi resta nell'acqua alta ad aspettarti. È il tipo che vuoi avere accanto, quando la luce se ne va e l'atmosfera diventa *sharky*, come dicono i surfisti e chi nuota nell'oceano. Uno così non ti abbandonerebbe neanche di fronte agli squali.

Ma questo che cosa c'entra con i cani, e con i nostri cani in particolare?

Credo sia una questione di atteggiamento.

Quando Angus venne da noi per la prima volta, per regalarci le verdure dell'orto di Masami, vide i cani dietro casa e sorrise. (È un po' un provocatore, Angus. Piuttosto alto, con i capelli corti ma vaporosi. Ha vissuto per un periodo in Nuova Guinea, dove ha fatto il pilota e l'aiutante in un allevamento di pecore; ha visto molto del mondo, e non è uno sprovveduto in fatto di animali.)

«Mi sembrano in gamba quei due. Posso andare a salutarli?»

Mika lo mise subito in guardia. «Sì, be', solo che potrebbero aggredirti.»

Il suo sorriso divenne un enorme ghigno. «Sul serio? Nah, me la caverò.»

Mentre andava verso la porta scorrevole che dava sul retro, ci assicurammo che Kitty restasse in casa, perché c'era il rischio che Reuben – soprattutto lui – diventasse iperprotettivo e aggressivo.

Angus uscì e parlò con i nostri due cani, e la sua aura

non conteneva neppure un accenno di paura. «Ehi, bastardo» disse a Reuben. «Sì, ti ho capito subito. Tu sei un bastardo cupo e litigioso.» E poi si voltò verso Archer. «E tu... tu hai la testa di un canguro. Ti chiamerò Testa di Canguro.»

Angus ha un talento per trovare soprannomi, che però non sono sempre politicamente corretti, diciamo così. Il suo preferito sarebbe stato quello che in seguito avrebbe dato ad Archie, Dingo Gay, che gli sarebbe rimasto appiccicato addosso per sempre. Persino i nostri amici più tradizionalisti e rispettosi alzavano le spalle e ridevano, quando Angus chiamava così il nostro cane. «Be', gli si addice» commentavano.

Visto che ci siamo, vi dico due cose veloci sui canguri della costa meridionale.

Forse sapete che da quelle parti non è raro trovarseli nel cortile di casa, o incontrarli nei parcheggi lungo le spiagge, quando non direttamente sul bagnasciuga. (Ricordo che un pomeriggio andai a fare surf con Angus, in un punto cui si accedeva a piedi, a circa due chilometri e mezzo da casa. Mentre uscivo dall'acqua, vidi un canguro sfuggire a una volpe tuffandosi nell'onda, superandola di gran lunga in astuzia. E capii, una volta di più, quali sono le dinamiche nella boscaglia che si estende per chilometri, alle spalle della linea di costa.)

Come potete immaginare, avevamo per le mani due canidi che potevano anche loro decidere di darsi alla caccia al canguro, ma adesso potevamo tentare di addestrarli. Non erano più dei cuccioli, e ascoltavano. Reuben, il vero leader spirituale, accettò il divieto: «D'accordo, afferrato».

E Archer gli andò dietro. Non saprei dire quanto tempo ci volle, ma uno dei ricordi che mi sono rimasti più impressi, di quei due, sono le passeggiate senza guinzaglio lungo Pine Street, o lungo Bendalong Road, con loro che i canguri nemmeno li guardavano... Frosty, finora, è l'opposto: tornate a quanto ho detto in precedenza a proposito delle personalità canine.

Sotto molti aspetti erano grandiosi, Reuben e Archer. Ma avevano istinti che non potevano ignorare. Certo, potevo addestrarli perché non inseguissero i canguri, ma non dimentichiamo l'opossum, o la minaccia onnipresente di quel famoso un per cento. Spesso, poi, si pensa a risolvere i problemi maggiori, mentre quelli più piccoli se ne stanno sotto la superficie, come termiti... E Archer come termite era bella grossa. Tanto per cominciare, aveva coraggio da vendere, e inoltre era il numero uno degli istigatori.

In mezzo a quelle due caratteristiche c'era una schiera di terribili abitudini. Stuzzicava, mordicchiava, rubava. Non spesso ma, quando lo faceva, riusciva a metterci una certa prepotenza. Se mangiava un libro, era il tuo preferito. (Sono ancora incazzato per il dorso rovinato della mia edizione con copertina rigida di *Giorni selvaggi*, il grandioso memoir dedicato al surf.) E poi l'attrezzatura da palestra, avete presente gli elastici da resistenza con maniglie di plastica dura? Li masticava al punto che, quando li riparavi con il nastro adesivo, non resistevano comunque allo sforzo, e si spaccavano con violenza quando meno te lo aspettavi. La maniglia rimbalzava contro il muro e poi ti colpiva in faccia.

Se al parco si comportava male, e si avventava su un povero cane ignaro, veniva trascinato subito a casa e ci restava, mentre tornavo fuori con Reuben. Andava tutto bene per trecentosessantaquattro giorni l'anno, ma che

Dio ti salvasse il trecentosessantacinquesimo. Perché quel giorno diventava come l'amico che scuote una lattina e te la apre in faccia.

In tutta onestà, a quel punto i nostri cani avevano collezionato parecchi reati minori, e una varietà di comportamenti scorretti. Avevano scavato il cortile appena concimato devastandolo, per cominciare, per poi prendersela anche con il fertilizzante rimasto nel sacchetto. Farsi di fertilizzante non è la cosa più piacevole del mondo, e l'intestino ne risente. Ma era Archer il ladro più in gamba. Aveva capacità e motivazione, oltre alla giusta dose di astuzia. Riusciva ad appoggiare le enormi zampe anteriori sul piano della cucina, mangiandosi qualunque cosa vi fosse rimasta. Una scodella con dei cereali avanzati? Leccata alla perfezione, in silenzio. E restava esattamente dov'era, pulita con una tale maestria che io o Mika ci chiedevamo se fosse stata usata. Solo una volta lasciò un frammento minuscolo di cereali bagnati sul bordo del tavolo, e gli dicemmo: «Ah-ha! Archie, ti sei fatto beccare, questa volta!»

La lista è piuttosto lunga.

Il burro lasciato fuori ad ammorbidirsi. Sparito.

Gli ultimi due biscotti, rubati dalla confezione.

Un crumble di mele intero: *scomparso*. In cucina, Mika si chiese addirittura se avesse forse solo immaginato di prepararlo. «Era proprio qui! Guarda, non è rimasto niente! Neppure una briciola. Come se non fosse mai esistito!»

Ma queste cose non erano niente.

Niente, in confronto al pollo.

Al momento in cui scrivo, la mia famiglia è costituita da due vegetariani, e da due quasi vegetariani che mangiano carne; vale a dire che mangiamo carne una, due volte al mese, o quando ce la troviamo davanti. Nell'aprile 2015, tuttavia, facevamo ancora tutti parte della categoria dei carnivori, e volevamo cucinare un pollo arrosto per la domenica di Pasqua; sarebbero venuti Halina e Jacek. Sabato mattina, tirai fuori il pollo dal freezer e lo misi a scongelare, e a quel punto come al solito scappammo per qualche impegno sportivo dei nostri figli. Per qualche motivo, avevo rimosso la pellicola e lo avevo messo su un piatto nel lavello.

Uno spunto per Archie.

Reuben probabilmente era abbastanza intelligente da sapere cosa poteva fare il pollo crudo al suo apparato digerente, ma Archer era decisamente ignorante in materia. Sfruttando le zampe lunghe e il muso, riuscì a trovare la posizione per prendere la carne dal lavello. Quando rientrammo, lo trovammo sul parquet, dilaniato: il cadavere di un pallone da football congelato. Archer girava in circolo, tenendosi a distanza, chiaramente colpevole. La sua espressione diceva tutto.

Come avrà fatto quel pennuto a finire sul pavimento?

Volarono accuse di ogni genere, e lui se la svignò come un bambino dopo un rimprovero, mentre io cercavo di salvare il salvabile.

«Non avrai intenzione di cucinarlo, vero?» mi disse Mika. Mi conosce troppo bene.

«Be', non l'ha mangiato *tutto*. Basta non farne parola con i tuoi, domani, okay?»

Non capì subito che stavo scherzando.

Non fu affatto uno scherzo, invece, quello che accadde ad Archer nel pomeriggio, e per quasi tutta la settimana che seguì, per via del suo stomaco delicato. La prima prova fu l'espulsione più macabra che avessimo mai trovato in casa: metà sul parquet nel mio studio, metà sul tappeto. Quel tappeto. Che aveva visto di tutto, dall'urina di gatto, alla cacca di cane fino al vomito dei bambini, ma questa era tutt'altra storia. E io abbandonai subito l'atteggiamento di rimprovero.

«Oh, Arch. Stai bene, bello?»

Non lo avevo mai visto in uno stato così miserabile.

L'indomani partimmo per il mare e, quando notammo che l'infezione non passava da sola, andammo da Carrie e Matt, due eccellenti veterinari di Milton, che a oggi abbiamo visto tre volte. La seconda per Reuben, per rimuovere dei punti; l'ultima, una sera, quando glielo portammo di corsa sospettando che avesse una zecca che non riuscivamo a trovare, quando invece era un cancro che lo stava divorando. Ma su questo torneremo dopo.

Arriviamo quindi alla notte dei vandali.

Di nuovo, la scena del crimine fu il mio studio.

Era un venerdì sera, ricordo, e nel cortile sul retro c'erano dei bambini che saltavano sul tappeto elastico, mentre i loro genitori erano in cucina a bere, probabilmente per necessità. I cani erano di sopra, nel mio studio, nel loro Hilton di coperte marce. D'un tratto sentimmo un fracasso tremendo, e poi qualcuno disse: «Che cosa si stanno *facendo* quei due, di sopra?»

Mika mi chiese se volessi andare a controllare.

«Nah.» Pensai che per una volta avrei fatto una scelta spericolata. «Prima o poi si calmeranno.»

Il fracasso andò avanti ancora cinque minuti almeno, e pensai che non ci fosse da preoccuparsi, considerando che non c'era molto che potessero distruggere, nel mio studio... in teoria. Mi ero scordato delle ristampe di *Storia di una ladra di libri* che mi erano state appena consegnate. Sei volumi in una scatola di cartone.

Più tardi, dopo che tutti se ne furono andati, salii, aprii

la porta e mi trovai davanti un campo innevato di libri e carta. Quasi impossibile da fotografare, tanto erano stati bravi. C'era roba dappertutto, frammenti di pluriball, pagine dilaniate e il mio dettaglio preferito: in una delle copie, la foto dell'autore sul risvolto di copertina aveva un graffio che passava ad appena un paio di millimetri dalle sopracciglia. Nelle altre, era ridotta a brandelli, e sembrava che fosse stato fatto intenzionalmente.

Tieni, beccati questa!

«Oh mio Dio» sussurrai, in uno di quei cataclismi interiori, silenziosi e inquietanti. Davanti alle piccole cose, perdiamo la testa. Davanti a quelle più gravi, riusciamo a mantenere una certa calma. (Mi ero arrabbiato molto di più per *Giorni Selvaggi*.)

Per un attimo guardai e basta, mesto, sbigottito, stupito davanti a quelle creature infernali. Felici e beate in mezzo alle loro macerie.

«Ehm... ehi, Mika» chiamai, alla fine. «Ti va di salire?»

La sua voce mi giunse dalle scale.

«Oh, no. Devo proprio?»

Salirono anche i bambini, e tutti e quattro guardammo la tempesta di neve che avevamo davanti.

«Guarda la tua foto!» esclamò Mika, ridendo. «Uno dei due ti ha sfregiato!»

«Devi proprio dirlo con tutto questo entusiasmo?»

La cosa strana è che oggi sono affezionatissimo a quel ricordo, per svariati motivi. Tanto per cominciare, niente droga, stavolta, e quindi ripulire sarebbe stato abbastanza semplice. Ma soprattutto mi è cara l'immagine di loro due seduti, le zampe allungate in avanti, soprattutto Archer, come un principe nel suo regno di anarchia. O come Nerone che conduceva la sua esistenza dissoluta nell'Antica Roma.

E Reuben adesso mi stava guardando con aria severa.

E, comunque, tu dov'eri?

Dopo, Mika valutò i danni.

Spostò lo sguardo da un cane all'altro, e poi su di me, e fece un riassunto perfetto della situazione. «Siamo tutti critici letterari, qui dentro, eh?»

Era l'ora della pappa, per loro, e così uscimmo tutti dallo studio, bambini e cani inclusi. Chiusi la porta. A volte, l'unica cosa che puoi fare è lasciar perdere tutto, almeno per un po'. Fingere che non sia successo.

I due momenti peggiori, parte 1:

I CANI CHE MORSICARONO L'INSEGNANTE DI PIANO

Il titolo dice tutto.

Tutto quello che era accaduto prima portò a questo.

Comunque, fu un incidente.

Durante gli anni che precedettero il 2016 e il 2017 (quando si verificarono i due momenti peggiori) la nostra famiglia cominciò a consumare sempre meno carne e latticini, virando verso una dieta vegetariana. E il motivo erano gli animali.

Quando si parla di quest'argomento c'è una parola che viene subito in mente: tensione. E come per ogni altra questione o quasi, oggigiorno, viene sempre più naturale schierarsi da una parte. Gli estremisti tirano delle linee ben definite: chi mangia carne è un selvaggio senza cuore; i vegani sono degli ipersensibili militanti.

Prometto di non bombardarvi con cose di questo genere; il mio libro parla d'altro. Non mira a essere un manuale su come si addestra un cane – santo Dio, stiamo per affrontare *l'aggressione all'insegnante di piano* – e non è nemmeno una guida per un'alimentazione responsabile. Tanto per cominciare, come puoi parlare di scelta morale del vegetarianismo quando ai tuoi animali dai prevalentemente carne? E di conseguenza: quanti animali vengono ammazzati per tenere in vita un solo cane, per tutta la durata della sua esistenza?

E le domande non si fermano qui.

Chi ama gli animali può mangiare una bistecca?

Un vegano può schiacciare uno scarafaggio, o festeggiare quando ammazza una zanzara? («Ti ho presa, piccola bastarda!»)

In entrambi i casi, quando provi a considerare tutti i fattori – città, campagna, stile di vita delle persone, benessere degli animali e salute del pianeta – non è così facile dar da mangiare alla tua famiglia, e ancor meno ai tuoi animali, senza porti problemi. Alla fine, Mika e io abbiamo cercato una sorta di buon senso interiore. Ci siamo resi conto che è difficile scagliarsi contro il consumo di cibi animali, quando agli animali di casa dai *animali* da mangiare... e, all'occasione, un'insegnante di piano. (Mi ci è voluto parecchio per vedere il lato buffo della cosa, credetemi. E in verità non ci riesco nemmeno ora.) E com'è che si dice? La strada per l'inferno è lastricata di buone intenzioni? Be', eravamo sul punto di scoprirlo.

Il che ci porta al nostro momento.

Marzo, 2016.

I nostri figli frequentavano delle lezioni di piano di gruppo presso l'Australian Music School di Randwick, dall'altra parte di Centennial Park. L'insegnante era la gloriosa Lindi, o *Miss Lindi*, per restare professionali.

Che cosa posso dire di lei? Era una di quelle insegnanti un po' speciali. I bambini la adoravano, e gli adulti anche. Quando i nostri figli erano ancora piccoli, in particolare, noi genitori restavamo con loro e la guardavamo lavorare.

Pantaloni neri, una maglietta dell'istituto e una testa di impossibili boccoli castano scuro, un serbatoio inesauribile di generosità e di energia. Era sempre pronta a ridere, e a mostrarsi meravigliata davanti alla miriade di affermazioni strambe e di monologhi fuori tema, quando i suoi allievi si ammassavano intorno alla tastiera.

«Franklin!» diceva. «Che cos'hai qui? Una navicella spaziale.» Doveva averla vista trecento volte, quella navicella giocattolo, ma si comportava sempre come se fosse la prima. «E tu, Julia? Hai notizie da darci, questa settimana? No? Okay, mettiamoci al lavoro.»

E questa era l'altra sua grande qualità: sapeva tenerli in riga. Si aspettava qualcosa da loro e, quando qualcuno faceva lo sciocco a lezione, non andava mai avanti a lungo. Come ho detto, era amata da tutti, e ci impegnavamo in maniera particolare quando si trattava di prepararle i regali e i biglietti di fine anno.

E poi accadde quello che accadde.

Grazie al cielo non capita tutti i giorni che i tuoi cani sequestrino la persona più carina sul pianeta Terra. Fidatevi, una volta è sufficiente, è orribile. Naturalmente, per lei lo fu anche di più.

Furono fortunati se non li sopprimemmo, dopo quell'incidente, ve lo dico con franchezza, perché la graffiarono e uno dei due la morsicò. (Non intendo addolcire la pillola dicendo che la mordicchiò.) Quell'episodio mise a dura prova tutti quanti. Tante volte in vita mia mi sono sentito in colpa per aver fallito nell'adempiere alle mie responsabilità, ma in quell'occasione ebbi un moto di nausea, toccai davvero il fondo. Accadde un lunedì mattina bagnato di pioggia.

Stavo rientrando da un breve ma intenso tour di presentazione in America, per l'edizione del decimo anniversario di *Storia di una ladra di libri*. Dieci città in undici giorni su entrambe le coste e nel Midwest. I lettori erano stati magnifici, straordinariamente aperti e amichevoli, ma il viaggio era stato un incubo logistico. Quasi tutti i voli erano partiti in ritardo, e ancora non mi spiego come fossi riuscito a non perdermi neppure un evento. Avevo mangiato perlopiù una sola volta al giorno, la colazione all'aeroporto. Gratificante, ma non da urlo. Il tour si era concluso a Miami, e da lì mi ero dovuto sparare solo cinque ore di volo fino a L.A., e poi altre sedici fino a Sydney. Un'inezia.

Quando stai per atterrare a Sydney, ti aspetti di trovare il sole. La mia storia preferita relativa a un atterraggio ebbe luogo qualche anno dopo, in una bella mattina soleggiata. Ero seduto accanto a una coppia con qualche anno più di me. Erano di Cleveland e continuavano a chiedermi dove fosse il casinò, e se ci si arrivasse a piedi dal loro albergo. La donna era particolarmente arcigna e, quando le indicai l'Opera House attraverso l'oblò, biascicò: «Sembra piccola...» Non riuscii a non ridere, mi piacque tanto quel commento.

Quella mattina, però, il cielo era implacabile. Era metà marzo, 2016. Pioveva a catinelle. Presi un taxi con quel familiare solletico al cuore che ti prende quando sei ansioso di rivedere tutti.

Varcai la soglia di casa intorno alle dieci. I bambini erano a scuola. Io ero in cucina. Avevo appoggiato le valigie da tre secondi, forse, quando Mika mi disse: «Ehi, c'è una cosa che devi sapere». E l'atmosfera si fece subito seria.

Capii che non era nulla di buono.

E non ebbi il minimo dubbio riguardo al fatto che si trattasse dei cani.

Di solito con Lindi funzionava così.

La maggior parte dei bambini che studiavano pianoforte all'AMS facevano una lezione di gruppo da un'ora, una volta la settimana, e una lezione privata da mezz'ora un altro giorno, in una delle aule più piccole della scuola. Nel nostro caso, Lindi veniva a domicilio, ogni lunedì mattina alle otto. (Una delle sue figlie seguiva il programma accelerato nella scuola di Kitty e Noah, quindi la lasciava lì e poi veniva da noi. A volte portava anche la figlia.)

Dal momento che Reuben e Archer venivano portati fuori ogni mattina all'alba, quando arrivava Lindi di solito io ero già a casa e i cani erano fuori, in cortile. Era una routine talmente consolidata che avevamo detto a Lindi di entrare direttamente... ed eccolo, il pericolo in agguato.

Il giorno in questione, Mika aveva portato fuori i cani molto presto, e a metà passeggiata aveva cominciato a piovere forte. Arrancando, li aveva portati a casa e li aveva asciugati, e dopo le 6.45 non erano più usciti. Di lì a un'ora li avrebbe fatti andare nel cortile, o li avrebbe chiusi nel mio studio.

Ma, quando hai dei figli piccoli, capitano mattine difficili, e questa era una di quelle. Cereali rovesciati sul pavimento. Litigi fin quasi ad arrivare alle botte. Frustrazione. Urla. Lacrime, divise che non si trovavano anche se le avevi preparate la sera prima. «Insomma, come ha fatto a sparire se cinque minuti fa era lì? Mettiti qualcos'altro!»

«Non posso, passerò un guaio.»

«D'accordo, ti scrivo una giustificazione... e quelle scarpe non le puoi mettere. Prendi gli stivali di gomma.»

«Gli stivali di gomma *no*.»

E così via.

Alle otto, Mika era ancora di sopra alle prese con Noah, quando Lindi entrò in casa come sempre, forse un po' più frettolosamente del solito per sfuggire alla pioggia. E, una volta dentro, vide i cani. In lontananza.

E non due cani normali.

I *nostri* cani, che avevano una certa fama.

Mi sembra di vederli mentre si muovono al rallentatore, le zampe, il petto ansante. Uno biondo, uno marrone, gli occhi fiammeggianti. Le mascelle che svolazzavano per la forza del movimento. La violenza dei denti sempre più vicina.

Come due furie, si lanciarono nel corridoio.

Quando Mika sentì gridare, capì subito.

Scese come un fulmine e trovò Lindi messa all'angolo, vicino alla porta d'ingresso, con i due cani che la guardavano. Gesù, riuscite a immaginare Reuben? Il volto del terrore, ne sono certo, pronto a lasciarsi andare alla barbarie. Erano a un metro da lei. E poi Archer, il pelo drizzato, la spina dorsale illuminata dal suo manto biondo. Pronto. Pronto a scattare.

Quando Mika ordinò loro di allontanarsi, obbedirono all'istante. Avevano finito il lavoro. Una persona era entrata in casa, e loro l'avevano spaventata a morte. L'avevano messa in guardia da quello che sarebbe accaduto se avesse fatto solo un altro passo.

Vennero subito sbattuti fuori.

Lindi disse di stare bene, e all'inizio Mika non riuscì nemmeno a capire se l'avessero morsicata. I musicisti sono gente tosta, date retta a me.

E insisté: «Davvero, non è successo niente».

Era lo shock a parlare, perché in realtà bene non stava.

Andò alla nostra tastiera, una di quelle ricaricabili di scarsa qualità, mentre Mika le chiedeva ancora se i cani l'avessero ferita, e Kitty, che all'epoca aveva nove anni, strillò: «Oh, no, non di nuovo!»

Sì, avete letto bene.

Non sono le parole che vorreste sentire da vostra figlia quando i cani di casa hanno appena dimenticato le buone maniere nel peggior modo possibile. Apparentemente, Kitty stava parlando in generale dei problemi causati da Reuben e Archer, e non di aggressioni nello specifico.

Se Lindi non crollò fu solo per l'adrenalina.

Sembrò vacillare, di certo strattonata da un turbine di sensazioni.

«Sto bene» continuava a ripetere «è tutto a posto, sono cose che capitano.»

Era determinata a cominciare la lezione, e la verità venne fuori solo dopo, quando stava per andare via: aveva una ferita sotto la camicia. Era stata morsicata da uno dei due cani. Solo, non sapeva quale.

Nonostante Mika avesse insistito, perché preoccupata, e anche perché voleva affrontare subito le eventuali conseguenze, Lindi era stata irremovibile: era tutto a posto. (Le persone generose come lei vogliono solo appianare le cose.)

Ma quella mattina non si era appianato nulla.

La punizione arriva sotto diverse forme, e la prima cosa che feci fu chiamare quei due. Non ricordo se aprii la porta del mio studio (dov'erano stati chiusi, perché fuori diluviava), ma qualcosa mi dice che non andò così.

Ricordo invece di essere entrato in camera da letto – la stessa stanza in cui Mika mi aveva urlato, quella famosa sera: «Ehi, credo di aver trovato il cane che fa per noi» – e di aver posato la valigia sul letto. Piantai un ginocchio tra le costole del materasso, e poi guardai il telefono e digitai il numero. Pensate a quanto suonano severi e solenni quei trilli, quando avete paura del suono della risposta. A volte sembra una campana a morto, o hai l'impressione di essere nel finale de *Le nevi del Kilimangiaro*, dove la donna non riesce a sentire la iena che ulula in lontananza a causa del battito del suo cuore.

Lindi rispose.

Lo stomaco mi sprofondò nel ventre, muovendosi in senso obliquo, distorto dalla forza dell'inettitudine, dal senso di colpa, di pietà, di responsabilità... e sono solo una parte delle emozioni che provavo.

La sua voce suonò lontana.

Strizzai gli occhi, quando la sentii.

«Pronto?»

I due momenti peggiori, parte 2:

BARBARI SULLE SCALE

Fuori, la pioggia che infuriava.

Le mie nocche bianche intorno al telefono.

Lindi fu più che gentile, accettò le mie ripetute scuse e l'offerta di pagare la parcella del medico. (Lo so. Non suona bene.) A turbarmi fu soprattutto il fatto che avesse rimediato due punti al gomito. E questo alza sempre la posta in gioco: i punti rendono tutto reale e conferiscono un'aura di *malvagità*.

Quando chiese se i nostri cani avessero già fatto cose del genere in passato, per via dell'esclamazione di Kitty, le dissi che erano cani con tendenze aggressive, ma che non avevano mai morsicato nessuno. Le descrissi il nostro modo di gestirli, non mancai di sottolineare quanto li amassimo e come ci prendessimo cura di loro, e aggiunsi che erano stati adottati da rifugi, che li avevamo salvati da morte certa, e così via, calcando decisamente la mano. Dopotutto, la questione era mortalmente seria e richiedeva una certa drammaticità. C'erano in gioco le loro vite. Che meritassero di vivere era discutibile, ma non ero dell'idea di correre un rischio del genere.

Prima di aggiungere altro, cercai di capire quanto potesse valere il cuore di un bambino, partendo da quello di Kitty. Reuben, in particolare, era un fratello per lei, e abbatterlo per noi sarebbe stato inconcepibile. E riguardo a Noah... quei cani c'erano da prima di lui. La loro esistenza era incorporata nella sua. Li portava a spasso, a volte dava loro da mangiare; quando gli raccontavamo le favole della buonanotte, spesso uno dei due cani prestava attenzione quanto lui, o comunque gli stava accanto, sdraiato sul pavimento. Non voglio dire che ne sarebbero usciti devastati, perché nemmeno ci rendiamo conto della resilienza dei bambini, ma un test del genere mi pareva troppo crudele. Era da evitare a qualunque costo.

Detto ciò, deglutii e mostrai una discreta serie di lati della natura umana. Fui contemporaneamente stoico e codardo, e calcolatore nel peggior modo possibile.

«Lindi, comprendo assolutamente se senti il bisogno di dirlo a qualcuno. Se devi denunciare il fatto alla polizia, non ti biasimerò, capisco bene.» (Sapevo perfettamente che incidenti di questo genere vanno denunciati al Comune, e non alla polizia; a meno che l'aggressione non sia tanto grave da diventare un reato criminale, è il Comune che ordina che un cane venga abbattuto, o inserito in qualche vergognosa lista nera. Una sorta di *registro degli Animali Cattivi*.) «Fa' quello che devi fare» conclusi. «Sul serio.»

«Oh, Markus, no... davvero, sto bene» rispose. «Per favore, stai tranquillo. Ci vediamo giovedì a lezione.»

Appena prima di riattaccare, promisi di richiamarla il mercoledì per sapere come stava. Per allora lo shock sarebbe passato, e avrebbe avuto un po' di tempo per pensare all'accaduto. Inoltre, noi avremmo avuto modo di capire se era il caso di sparire, quel giovedì, o se invece era meglio rimanere per farcele suonare, letteralmente.

Mercoledì, la stima dei danni sarebbe stata più veritiera. E la mia mente era già là.

I giorni seguenti piovve moltissimo.

E il clima rispecchiava perfettamente l'umore generale.

Portai fuori i cani, sotto la pioggia, osservai ogni loro movimento, e i loro dubbi attributi: i ciuffi di peli non curati di Reuben, l'oro granuloso dei suoi occhi. E poi l'aspetto virtuoso di Archie, che mascherava la ferocia che si celava sottopelle.

Camminammo nel bosco all'interno del parco, nel fango. Osservai i loro artigli sull'erba, lungo il bordo della strada. Una cupa oscurità sembrava incombere su di noi, quasi stessero marciando verso la forca, verso la giustizia. Scarpe, gambe, zampe, musi. Era tutto bagnato e ci si appiccicava addosso. Il senso di colpa era nell'aria e incombeva su di noi.

Il mercoledì chiamai Lindi a mezzogiorno.

Come avevo sospettato, aveva avuto il tempo di assimilare per bene l'accaduto e, peggio, di capire cosa sarebbe *potuto* accadere. Spiegò che una o due volte era venuta con la figlia, e che il pensiero che si sarebbero potuti avventare su di lei le faceva vedere la faccenda sotto una luce completamente diversa. Una persona dolce come Lindi si preoccupa sempre, per prima cosa, di quello che potrebbe accadere agli altri. Non sentiva di aver subìto un torto, in prima persona: ma che cosa sarebbe successo se avesse lasciato correre e poi fosse capitata una terribile disgrazia, non tanto a un altro adulto, ma al figlio di qualcuno? Come sarebbe riuscita a convivere con la decisione di non aver detto nulla?

Le ripetei che, se sentiva di dover chiamare le autorità, era giusto che lo facesse. Nominai persino il temutissimo

Comune, questa volta e, giovedì pomeriggio, quando ci presentammo per la lezione (aveva insistito perché andassimo noi da lei) alle 15.30 con Noah, e alle 17.30 con Kitty, io entrai come se stessi andando al patibolo, soprattutto dopo aver visto il suo braccio, con la fasciatura intorno al gomito. Al termine della lezione di Noah mi guardò con un sorriso ed esclamò: «Ehi, via quella faccia triste! Andrà tutto bene». Incredibile, mi dissi, è dalla nostra parte!

È necessario che vi spieghi che regnava la confusione più totale, tra una lezione e l'altra, perché vi rendiate conto che la nostra interazione durò dieci secondi. Solo dopo la lezione di Kitty, che era l'ultima, alle 17.30, riuscimmo a parlare. Lindi disse che, per quanto si fosse spaventata a morte, e per quanto i cani fossero stati molto violenti, alla fine si erano tirati indietro. Implicitamente, ci stava dando fiducia, basandosi su quel che pensava di noi come esseri umani.

Errore di giudizio, secondo voi?

Probabile.

E non perché io pensi che siamo delle persone orribili, ma perché non saremo mai in grado di controllare ogni circostanza. In ogni caso, provai puro sollievo, unito a un'immensa gratitudine. E questi sentimenti sono vivi dentro di me anche oggi, a quasi otto anni di distanza.

Come ultimo atto di ringraziamento, senza entrare nei dettagli, ci furono bigliettini e regali, ma sarebbe dovuto passare del tempo perché la ferita guarisse del tutto. I primi mesi furono difficili, soprattutto per via delle voci e dei mormorii, che erano perlopiù nelle nostre teste.

«Sono i padroni di quei cani cattivi che hanno morsicato Lindi...»

«Com'è possibile che non siano stati soppressi?»

«Be', perché Lindi è una santa, ecco perché...»

E così via.

Ci diede una grande mano il gruppo molto unito di genitori dei compagni di Kitty, con cui avevo stretto amicizia. Tra loro c'era anche Andy, il cognato di Lindi. A un certo punto mi chiamò per dirmi che quanto era accaduto era spiacevole, certo, ma non era la fine del mondo. Psicologo infantile con aspirazioni – non proprio nascoste – da comico (si trova divertentissimo), Andy se ne uscì, serissimo, con una frase tipo: «Francamente Lindi è una tale seccatura che prima o poi doveva succedere». Chiamava dalle Blue Mountains, dove stava trascorrendo un weekend con la famiglia: stava cercando di farmi ridere, e risi. Che posso dirvi? Le belle persone esistono.

Post scriptum. Lindi e la sua famiglia oggi hanno un cane, si chiama Hamilton e... sì, è un Cavoodle. Ma lei può avere tutti i cani che vuole, dannazione, e un piccoletto del genere va benissimo.

Da parte mia credo inoltre che il tempo ci abbia permesso di tornare in ottimi rapporti. La scorsa estate, Kitty, tornando dalla spiaggia, raccontò di aver visto Lindi, che l'aveva stretta in un enorme abbraccio. Da qualche anno ormai aveva smesso di prendere lezioni, e ne erano trascorsi ancora di più da quell'incidente con i cani. Siamo stati fortunati, e lo *siamo* ancora, grazie a persone come lei.

Il che ci mette davanti a un ultimo orribile incidente e, senza perdere tempo, vado dritto al punto.

Questa volta, da quello precedente era passato un anno e mezzo.

Un periodo durante il quale non accadde niente, né graffi, né altro.

La cattiva reputazione dei nostri cani non era stata dimenticata, ma la vita continuava e la buona volontà anche.

Era il giugno del 2017, e cominciammo a rimodernare casa; per fare i lavori ci trasferimmo in una villetta a schiera dietro l'angolo. Si trovava in fondo a Woods Avenue, una stradina senza uscita che adesso chiamiamo semplicemente Woods.

È un complesso strambo e malandato di edifici a tre piani serrati tra loro, dietro un cancello traballante che si chiude solo a metà, quando si chiude. (Ancora oggi è così; lo vedo quando ci passo davanti con Frost.) Come casa in affitto era perfetta: i proprietari accettavano animali e, nello stato in cui era, non avremmo potuto fare troppi danni. Avevamo un piccolo cortile soleggiato con una parte di prato recintata, e la gamma di colori andava dalla moquette grigia alle piastrelle terracotta. Mi faceva venire in mente i licei statali che avevamo frequentato io e Mika: mattoni freddi, scalinate ripide. Ringhiere verde scuro.

Dato che i traslochi sono molto più duri per i gatti che non per i cani, delimitammo cucina, sala da pranzo e cortile come spazio destinato a Bijoux e Brutus, che così potevano prendere il sole e avere spazio dentro e fuori lontani da Reuben e Archer, che all'occasione mettevano ancora Brutus con le spalle al muro. Bijoux era l'eterno sicario, ma i nuovi ambienti possono alterare certi equilibri. Pensammo di non voler correre rischi, quantomeno all'inizio. I cani venivano portati fuori almeno due volte al giorno, comunque, e di solito stavano nel mio studio. Non avevano bisogno di un cortile e, grazie alla curiosa disposizione della casa, c'erano altri balconi che potevano utilizzare. I gatti cominciarono abbastanza in fretta a mettersi al sole nella cucina color rame, con la lavapiatti che sembrava un lanciarazzi. Divenne la regola di casa: *Gatti di sotto, cani di sopra*.

E poi arrivò la primavera.

Io partii per un altro viaggio oltreoceano, che mi tenne lontano poco più di una settimana.

(Prima di scrivere questo capitolo, ho parlato con Mika. Le ho detto: «Il primo incidente è capitato mentre ero via, e lo stesso vale per questo... Non voglio che la gente pensi che sto incolpando te o, peggio, che pensi che ti considero una dannata incapace».

Ha riso. «Be', il libro racconta la storia vera dei nostri cani, no? Accaddero due brutti incidenti mentre tu eri via. Per contro, ci furono dozzine di volte in cui tu eri in viaggio e tutto andò liscio. Per non parlare della montagna di tragedie capitate mentre eri qui anche tu. Racconta come andò, e basta.»

Ed è quello che intendo fare.)

La prima cosa che voglio chiarire è che Mika non ha colpe.

A volte, come si suol dire, la sfiga ci vede benissimo, e in questa occasione vide in particolare uno solo dei nostri animali, dall'indomita personalità. E non si trattò di uno dei due cani ribelli.

Potrei nominare qualcun altro, se non Bijoux?

Ero impegnato in un altro tour di conferenze in America, e inoltre mi ero preso un paio di giorni per rivedere le correzioni a *Il ponte d'argilla*, che finalmente avevo completato.

Una mattina presto mi squillò il telefono, ma non lo sentii. Quando mi svegliai, ascoltai un messaggio quasi isterico da parte di Kitty. Diceva che voleva parlarmi. Mandai un sms a Mika, che mi rassicurò rispondendomi che era tutto a posto, e che il problema di Kitty poteva aspettare.

Qualche giorno dopo tornai.

Era mattina, anche questa volta, ma splendeva il sole.

Attraversai la cucina della casa di Woods, uscii nel cortile sul retro, dove avevamo il prato, e Mika pronunciò quelle parole immortali.

«Credo che faresti meglio a sederti.»

Chiusi gli occhi.

Ci risiamo, pensai.

Avevamo delle sedie da esterno prese all'Ikea, dipinte di nero, e il cortile era per metà in ombra. Mi sedetti al centro preciso della chiazza buia. Sentii il metallo freddo sulle gambe.

«Cos'hanno fatto?» chiesi, e ogni parola era una boccata di paura, e non serve che vi dica a chi mi riferissi... E Mika, che era rimasta in piedi, alla mia destra, rispose senza giri di parole. Disse semplicemente: «Hanno ammazzato Bijoux».

Così.

Ora, pensate a cosa si possa provare in una situazione simile. Un attimo prima sei lì seduto a pensare: «Cavoli, è un po' fredda questa sedia» e quello dopo ti viene scaraventata addosso una bomba del genere.

«Cosa?» chiesi, alzando gli occhi di scatto. «*Come?*»

Adesso la telefonata che avevo ricevuto al mattino presto, qualche giorno prima, cominciava ad avere un senso. Non era la chiamata di una ragazzina di undici anni che stava litigando con la mamma, ma quella di una ragazzina che aveva appena visto ammazzare un gatto, per mano dei suoi stessi cani. E, com'era già successo con Lindi, non sapeva chi fosse stato.

Vedete, Bijoux voleva avere la casa tutta per sé da quando ci eravamo trasferiti. Non si accontentava di un misero distretto composto da cucina e cortile, oh no: lui voleva l'intero immobile. Faceva sempre capolino dalla porta vicino alle scale, dove la sala da pranzo incontrava la zona riservata ai cani e, un sabato mattina, mentre Mika e i bambini tornavano da un incontro di calcio di Noah, Kitty l'aveva aperta e il gatto aveva colto l'opportunità al volo.

Era scattato come un fulmine, affrontando i giri stretti delle scale, proprio mentre i cani stavano scendendo. Probabilmente era stato uno scontro alla cieca, in cui nessuno sapeva chi avesse di fronte... E *bang*, un colpo, ed era finita lì. Dovevano aver premuto qualche punto di pressione letale.

Bijoux era rimasto a terra, morto stecchito.

Con la mente, vedo quella bestiola tosta ma bella, raggomitolata in un ammasso di pelo, sul pianerottolo. È a metà della scala. Ci sono il gatto, la moquette dalla tinta spenta, i cani. E la ragazzina, bionda, magra, con gli stinchi pieni di lividi rimediati al parco giochi, i capelli legati in due trecce sfatte. Il viso è bagnato di lacrime: è devastata. I suoi strilli risuonano in tutta la casa. I cani tornano subito di sopra, strisciando.

Da quanto mi disse Mika, Reuben e Archer avevano scambiato il gatto per un intruso; ma, a fattaccio avvenuto, quando lo avevano riconosciuto, i loro musi si erano fatti di pietra. Erano rimasti attoniti, in preda al rimorso o forse avevano sfoggiato quell'espressione che secondo me voleva dire: «Oh, merda». Perché questa volta non sarebbero riusciti a cavarsela.

Seduto con la testa tra le mani, ascoltai il racconto di quella catena di eventi macabra ma prevedibile: la nostra casa, territorio di una gang di animali. Nonostante sapessi già che era andata così, non mi trattenni dal fare una domanda stupida.

«Lo hanno ammazzato?»

«Lo hanno ammazzato.»

Non provò minimamente ad attenuare quella verità, o a indorare la pillola.

Mi mise davanti al fatto nudo e crudo, a bruciapelo.

Perché era questo che era successo.

I nostri cani avevano ammazzato il nostro gatto.

Aspettai che il mio cervello assimilasse la cosa, per quanto brutale e assurda. Avevamo raggiunto gli abissi più tenebrosi della tragedia, e non solo sembrava assolutamente plausibile, ma in qualche modo anche inevitabile. Quella sedia Ikea, dura e fredda, mi inchiodò a una verità che conoscevo da sempre, e che era diventata sempre più ovvia con il passare degli anni. Una cosa del genere sarebbe potuta capitare solo a noi.

Per tornare a Bijoux, so che cosa potreste pensare, che era un animale esigente e che probabilmente se l'era cercata. Be', in un certo senso sì, ma lasciate che ve lo dica: convivere con la sua spocchia, con gli assalti da ninja e con quel miagolare da rompipalle per quattordici anni è una cosa. Morire ammazzato è un'altra. Da quel momento in poi la casa sarebbe stata più tranquilla, ma questo non significa che lo volessi morto. O che lo volessi vedere uscire di scena in *quel* modo.

O forse sì?

Da un punto di vista romantico, e in fondo anche realistico, fu perfetto così. Nessuno più di lui era un guerriero, destinato al Valhalla. Probabilmente era l'unico modo davvero appropriato di andarsene, trapassato da una spada, anche se preferibilmente da parte di qualcuno che non vivesse sotto il suo stesso tetto. La parte più difficile da accettare fu proprio questa, e cioè che il crimine fosse stato commesso dall'interno. Voglio dire, non poteva litigare con un dannato Pitbull in qualche vicolo, e pace?

No.
Non sarebbe stato in stile Bijoux.
Troppo poco eclatante.
E non avrebbe offerto una storia da raccontare.
Era destinato a una fine con il botto, e un botto più grande di questo non riesco a immaginarlo.

Mentre, lentamente, assimilavo tutto quanto, chiedendole come stessero Kitty e Noah e cosa ne avesse fatto del corpo (aveva optato per la cremazione), ammetto che provai anche un'altra sensazione. Un leggero sollievo. Se non altro, questa volta non erano stati feriti degli umani. Non dovevamo pensare all'iniezione letale, alla minaccia di una possibile disputa con qualcuno. Ma quanti episodi del genere saremmo stati ancora in grado di sopportare?

Per settimane non riuscii a guardare i nostri cani come prima, quando li portavo fuori con me, con quei musi affettuosi e vergognosi insieme. Esistono svariate teorie sulla durata della memoria dei cani, ma potete credermi se vi dico che sapevano che cos'avevano fatto.

È strano, inoltre, come reagiamo a eventi di questo tipo e, per quanto mi riguarda, una parte di me era essenzialmente delusa. Non potevo più dire in giro che avevamo due figli, due gatti e due cani, e che i figli erano il lavoro facile. Bijoux il guerriero non c'era più e, prima che mi mettessi a scrivere di lui, lo sapevano solo una manciata di persone. Nemmeno Paul, il nostro veterinario, conosceva i dettagli. Ogni volta che guardavo quei due, i loro occhi mi puntavano, quasi volessero dirmi: «Lo sappiamo, e ci dispiace».

Erano selvatici, ma nessuno lo era più di Bijoux. Lui era stato il più cattivo e il più ruvido, tra noi, ed era stato quello che si era guadagnato più rispetto. Tante volte ho provato a scrivere un epitaffio per lui, ma non riesco mai ad andare oltre a queste poche parole. Perché aveva portato la morte in casa nostra nell'unico modo per lui possibile.

BARBARO FINO ALLA FINE

Parte quarta

I ladri di cadaveri

Due fotografie

Mando avanti veloce.

Due istantanee.

La prima, 8 agosto 2019, le quattro del mattino circa. Il cielo è nero, la città tace, i lampioni sfrecciano accanto a noi. Sto guidando come un pazzo lungo Eastern Distributor con un cane moribondo sui sedili posteriori. Da troppo sta ansimando in preda a un panico tossico e, quando d'un tratto tace e resta immobile, lasciandomi pensare che sia giunta la fine, vedo le luci che segnalano il punto dove devo girare, e so che ha smesso di respirare.

Guardo nello specchietto e, in mezzo a tutti gli altri rumori – il rombo del motore perso nella foschia – urlo. Urlo al corpo dietro di me, mi chino verso di lui, mentre continuo a guidare come un pazzo. Ho mancato l'uscita, siamo già oltre.

«REUBEN! REUBEN, NO! NON MORIRE! NO, NON MORIRE QUI, NON ADESSO! NON MORIRE, BASTARDO!»

Si sveglia con un sussulto – l'elemento sorpresa – e questa scena terribile, nella sua interezza, riassume grosso modo i nostri dieci anni insieme.

Io che gli urlo contro e lui che se ne sta lì sdraiato, mentre probabilmente pensa: «Gesù, non posso nemmeno morire in pace».

La seconda. 19 aprile 2021.

Ora di cena, siamo a tavola.

Abbiamo appena finito di mangiare, quando arriva il messaggio di Paul. Avevamo deciso che mi avrebbe mandato i risultati degli esami del sangue (forse l'idea della telefonata faceva paura a entrambi) e adesso li ho qui. Il testo dice che hanno scoperto che cos'ha Archer. Una rara forma di leucemia, estremamente aggressiva. È molto grave, e morirà. Aggiunge una frase triste, piena di preoccupazione. *Stategli vicini, stanotte.*

Prendo il mio piatto e vado in cucina. Davanti a me c'è una grande finestra verticale, attraverso cui si riversa all'interno il bagliore della sera. L'ultimo bagliore caldo tra gli alberi, assolutamente perfetto, che preme contro il vetro.

«Era Paul?» vuole sapere Mika.

Annuisco, e poi succede. Immagino una scena, come capita a tutti, in certi momenti. Riesco soltanto a pensare al piatto che ho in mano, a me che lo lancio contro la finestra, il vetro in frantumi e il brivido che mi provoca.

Forse mezz'ora dopo sono sotto la doccia, con l'acqua che mi scorre addosso. Mi lascio travolgere da quel flusso prepotente e sommesso.

E, sotto il getto scrosciante, piango.

Il cane che collassò al buio

Che ci crediate o no, dopo la morte di Bijoux nella primavera del 2017 non accaddero più incidenti per due anni. Reuben e Archer erano diventati due angeli (il che, nel nostro caso, significa niente zuffe, niente assassinii e niente aggressioni). Era come avere due cani normali.

Ed è interessante come in realtà fossero perfetti per una vita di questo genere. Certo, le storie migliori nascono dagli eventi sconvolgenti, ma la stabilità aveva una sua incredibile bellezza. Ci furono splendide mattinate al parco. Epiche corse sulle spiagge del Sud, in tutta la loro frastagliata gloria, in particolare lungo un tratto selvaggio che conoscevamo bene, fatto di scogliere, dirupi e piscine naturali. C'è una spiaggia che per me è una passerella privata, dove non si vede anima viva: c'eravamo soltanto noi e l'acqua più violenta. Onde e marea, sabbia e promontori. Schizzi, spuma come su una torta nuziale. Reuben correva verso di me, ridendo, la lingua che sembrava la lancetta storta di un orologio. Archie mi girava intorno e infilava il muso nello spazio tra le mie gambe. Sento ancora il pelo sulla sua testa, bagnato, e vedo l'amore e la fiducia nei suoi occhi. Sento il suo odore. A volte, ancora adesso, mi passo il pollice sulle dita, e ricordo il sale e la saliva che vi lasciava lui. Non esiste una sensazione paragonabile. Tra gli abissi di fuoco infernale – la morte di Bijoux o l'ondata feroce contro l'insegnante di piano – c'erano loro, i cani che nessuno conosceva. Quelle mattine e quelle sere di normalità non erano nulla di grandioso o di eccezionale, ma erano, semplicemente, belle.

Come lo era il loro amore; sì, non ho problemi a dirlo.

E il loro amore avvinto al mio.

Li amavo disperatamente, e questo affetto mi ritornava indietro a palate, ogni singolo giorno.

Prima dell'ottobre del 2018 si erano aperti e chiusi diversi capitoli.

Avevamo lasciato Woods ed eravamo tornati a casa.

Kitty stava finendo la scuola primaria.

Il ponte d'argilla finalmente venne pubblicato, e fu la prova che non sempre le cose vanno secondo i piani. Per tredici anni avevo lottato come un disperato per finire quel libro, e si vedeva. Mentre *Storia di una ladra di libri* era stato uno lavoro tremendo che all'apparenza non aveva richiesto sforzo alcuno, *Il ponte* aveva bisogno della dedizione del lettore. Certo, una cosa del genere ben si adattava a Clay, il mio protagonista, impegnato in una lotta grandiosa e bellissima, ma non era per tutti. Sotto molti aspetti è molto meglio di *Storia di una ladra di libri*, e le persone che lo amano hanno un posto speciale nel mio cuore. Quando ne discutiamo, dopo un evento in una biblioteca o in una libreria, dico sempre: «Non è un libro per deboli», rivolgendo a chi mi ascolta un sorriso d'intesa. Il che non vuol dire che sia *estremamente* difficile (non è l'*Ulisse* di Joyce, che cavolo), ma è diverso, è sé stesso... e, di nuovo, vale la pena di ricordare che i libri, come i cani, non ci devono niente. È valsa la pena di averlo scritto.

Negli ultimi tre mesi del 2018 feci tre tour: America, Inghilterra e qui, a casa. Nel 2019 avrei girato India, Taiwan, Nuova Zelanda, Regno Unito due volte, Stati Uniti due volte, un giro combinato di Croazia, Polonia e Svezia, e poi Cina, Hong Kong e Messico. E poi avrei partecipato ai festival di Perth, Byron Bay e Sydney. In pratica, un anno in viaggio. E tutte quelle emissioni di carburante mi sarebbero costate care.

Quello fu l'anno in cui perdemmo Reuben.

All'inizio del 2019, durante le vacanze estive, senza saperlo assistemmo a un canto del cigno. Un canto del cigno speciale per Kitty e Reuben.

Eravamo sulla costa meridionale, a Washerwomans Beach, ed era quasi sera. Dietro di noi si allungava l'ombra degli eucalipti, ma l'acqua era ancora una distesa di sole. Kitty trovò una pallina da tennis abbandonata. Prima, Archer aveva giocato ad attaccare un altro cane (okay, non erano proprio sempre angeli) ed era caduto in disgrazia, il che vale a dire che era seduto a un metro dai miei piedi, e non muoveva un muscolo. Poverino, non aveva combinato chissà che, ma essere vigili era cruciale, con loro. E adesso era costretto a guardare Reuben e Kitty che giocavano come matti in acqua, tra lanci di palla, risate e richiami. Vedo ancora quel miscuglio di gambe e le zampe, le ginocchia che venivano sollevate al di sopra dell'acqua, il cane e la sua amica umana. Forse era il destino, Reuben e Kitty dovevano avere un ultimo ricordo scintillante dell'anno in cui lui alla fine sarebbe crollato. Illuminavano la spiaggia e l'oceano, insieme, tanto quanto il sole che si ritirava.

Quell'anno i mesi piombavano a terra come aerei che atterrano uno dopo l'altro. La situazione divenne evidente a luglio, mentre mi trovavo di nuovo sulla costa, dov'ero andato per qualche giorno per sbrigare alcuni lavori in casa. Avevo portato i cani con me, e in poche ore Reuben passò dall'essere del tutto normale all'apparire gracile e d'un tratto apatico, le zampe all'improvviso fragili, come fossero incapaci di reggere il suo peso. Non voleva camminare.

Non essendoci stati altri segnali di malattia, il primo pensiero andò come sempre alle zecche. Lo controllai. Niente. Ma non si fanno trovare facilmente, e a volte vanno a mettersi in posti improbabili. Così lo controllai ancora, e poi una terza volta. Niente. Ma verso sera stava peggio. Decisi di chiamare l'ambulatorio veterinario, pensando che loro magari sarebbero riusciti a trovare l'insetto responsabile.

Lo portai a Milton, dove non trovarono nulla del genere. Niente zecche, o altri parassiti. Chloe, una giovane dottoressa che faceva parte del team di Matt e Carrie, lo guardò e gli disse: «Oh, cucciolo, stai proprio male, vero?» Reuben, che solitamente era tutto fiero, appoggiò la testa da un lato, muto, e da quel momento non potemmo fare molto altro. A parte osservarlo, fargli fare gli esami a casa e sperare per il meglio. Tra le altre cose, Chloe prese in considerazione il cancro. Ma io esclusi categoricamente tale possibilità. Stavamo parlando di Reuben, dopotutto. Che era indistruttibile. Andava per i dieci anni, non era nemmeno così vecchio. Almeno, non per noi.

Una volta a casa, fece gli esami, tutti con esito negativo, ma se c'è una cosa che ho imparato, con i nostri animali – e avendo avuto a che fare con i profondi e oscuri misteri dei valori sanguigni – è che esistono segreti che non sono ancora stati rivelati.

All'inizio di agosto mi recai a Byron con l'auto, per il festival di scrittura, e ogni giorno chiedevo via messaggio notizie di Reuben. Era migliorato, durante l'ultimo mese, e credevamo che fosse quasi tornato a posto.

Qualche giorno dopo il mio ritorno, Mika e io ci svegliammo in piena notte, fra le due e le tre. C'era un'eco. Un piagnucolio nel buio, cui seguì un tonfo sul pavimento.

Da quando eravamo tornati da Woods, avevamo apportato alcuni cambiamenti. I cani dormivano ancora sui loro letti disposti in diagonale negli angoli del mio studio, che però adesso si trovava in fondo al corridoio, più vicino alle scale.

Quando sentimmo quel rumore, scattammo in piedi simultaneamente, corremmo nella stanza e accendemmo la luce.

E lo vedemmo, sotto quel bagliore giallo.

Era al centro dello studio, sul pavimento con le zampe allargate, come se gliele avessero tolte da sotto il corpo. Lo sguardo frenetico, ansimava. Di fronte a lui, seduto, Archer si stava sporgendo in avanti e lo guardava. Che altro avrebbe potuto fare?

Ricordo le nostre voci, tremanti.

«Reuby, no» e: «Va tutto bene, Reub, è tutto a posto».

Ma niente era a posto.

Era una bugia.

Ci prendemmo del tempo – molto più di quello che avremmo dovuto – per capire che cosa fare. Mika rimase seduta con lui, prendendogli la testa in grembo. Intanto gli accarezzava un lato del muso, il palmo sulle mascelle nere e lucide. Lui riusciva solo ad ansimare. Stava morendo sotto i nostri occhi.

Con i nostri trascorsi, conosco l'indirizzo di tutte le cliniche veterinarie. Quella dov'era stato operato alle ginocchia era attrezzata anche per le emergenze, ed era aperta ventiquattr'ore su ventiquattro, e sapevo che si era spostata a Rosebery. Chiamai mentre Mika era lì con lui.

La donna che mi rispose non sembrò mostrare un grande interesse. Non mi ispirò molta fiducia, così cercammo di capire se fosse il caso di aspettare per portarlo da Paul. Ma con il passare dei minuti divenne impensabile. Non avrebbe aperto l'ambulatorio prima di cinque ore, e Reuben non ce l'avrebbe mai fatta. Ero pronto a portarlo di sotto, ma Mika volle farlo scivolare su un materasso di gommapiuma, e alla fine facemmo così.

Per un po' restammo davanti all'ingresso. A sinistra avevamo la porta che dava in garage, dove c'era la mia auto pronta con i sedili abbassati e i letti con le coperte per i cani, dietro.

«Dobbiamo dirlo ai bambini» fece Mika.

Io mi appoggiai al muro, con gli occhi chiusi. Feci un respiro profondo.

Salii prima da Kitty. Cosa avrei dovuto dirle? Alla fine, fu tutto molto semplice e diretto.

«Ehi, piccola.» Delicatamente, la scrollai. «Kitty...» Si svegliò, sapendo che qualcosa non andava, e glielo confermai. «È Reuben» spiegai. «Forse sta per morire. Devi venire a dirgli addio.»

Scriverlo mi uccide, davvero, ed è così ogni volta che rileggo queste righe. Sento badilate di sale accumularsi nei miei occhi. Vedo l'ombra silenziosa di mia figlia, che attraversa la casa al buio per andare dal suo cane. Perché apparteneva a lei più che a chiunque altro.

E poi andai da Noah.

E lui perse il controllo. Era devastato. Avete presente quel suono che precede il pianto di un bambino? Quel prendere fiato acuto, appena udibile, come se cercasse di afferrare qualcosa senza mai riuscire a prenderlo, mentre il mondo crolla dentro di lui? Da genitore, quando arrivi in fondo a quel respiro, scopri il significato della parola impotenza. È un suono che senti nel petto. È il suono di quando sai che stai perdendo qualcosa che non puoi salvare.

Scendemmo da Kitty e Mika, che erano con Reuben. La vita è fatta di cose terribili e di cose poetiche, e spesso coincidono.

I bambini, quando li svegli, sono belli.

I cani che stanno per andarsene sono tragici e luminosi.

Lo abbracciarono, nella luce vaga dell'ingresso.

Piangevamo tutti.

Poco dopo lo presi in braccio.

Lo portai in garage e lo misi in macchina attraverso il portellone.

Era lì sdraiato, come tante altre volte quando eravamo andati al Sud o in qualunque altro posto, però era solo, senza Archer, e probabilmente non sarebbe più tornato a casa.

E però bisogna sempre sperare...

Arrancai nelle strade deserte.

Imboccammo la Eastern Distributor.

Sapevo dove stavo andando, ma solo vagamente, ma poi, da qualche parte vicino all'uscita di Dacey Avenue, Reuben smise di respirare. Le luci dei lampioni colpivano il parabrezza, poi se ne andavano, poi tornavano. Una dopo l'altra.

«REUBEN! NON MORIRE, BASTARDO!»

Ho già accennato a quello che provai. Ero intontito. L'auto era una caverna in movimento o il ventre della balena in cui era finito Giona. Adesso vedevo il mondo là fuori enorme e senz'anima, mentre noi eravamo confinati a noi stessi... questa bestia di un lupo di cane e il sottoscritto, al freddo e al buio nell'abitacolo di una macchina. È morto, mi dissi. Ma... è morto? Ha smesso di respirare.

«REUBEN! NON MORIRE, NON ADESSO!»

Ma non era morto, non ancora.

O forse sì, ed era tornato alla vita... lo sentii risucchiare aria preziosa e proseguimmo, nell'oscurità. Cinque minuti dopo entrai nel piccolo parcheggio della clinica di Rosebery, saltai giù, corsi alla porta e premetti il bottone tondo e verde. L'infermiera di notte arrivò.

«Il mio cane sta morendo» le urlai, da un metro circa di distanza. «Posso portarlo dentro?»

«Ma certo!»

Tornai all'auto, aprii il portellone, lo presi e corsi dentro – per quanto umanamente possibile – e ovviamente gli feci sbattere la testa (forte, davvero forte) contro lo stipite.

«Merda, scusa, Reub!»

Se non fossi stato distrutto dal dolore, mi sarei messo a ridere.

Dentro, superai di corsa banconi e apparecchi vari. Lo adagiai su un tavolo, e la dottoressa si mise subito al lavoro. Non ricordo più che domande mi fece, ma si trattava soprattutto di tenerlo in vita quanto bastava per capire cosa non andava, per operare, ammesso che l'intervento fosse un'opzione.

Dopo che ebbi risposto a tutto, Erin, ricordo che si chiamava così, mi guardò un'ultima volta. «Vuole dirgli addio?»

Mi chinai e lo baciai sulla guancia, a metà del muso. «Ci vediamo, Reub, ti voglio bene, bello... starai bene.» L'occhio era quello di un bambino, e di una creatura selvatica. L'ultima parte l'avevo detta in un sussurro.

Quando uscii, lo sentii ansimare.

Mi voltai per guardarlo un'ultima volta.

Voi non l'avete visto il respiro spazzato dal vento, quel corpo di tanti colori, scuri, quasi neri, che si incendiava in un mare di bianco.

Reuben non morì quella notte.

E non mi sorprese. Quel cane era quasi impossibile da uccidere. Ma ci era andato vicino.

Mentre ero seduto nella sala d'aspetto, alla mia sinistra c'era una coppia giovane. Ricordo che lui aveva i capelli lunghi, la barba a chiazze, quasi fosse un fan fuori dal tempo degli Skid Row o dei Guns N' Roses. Lei era ordinata e minuta. Erano davvero poco più che bambini.

«Come va, ragazzi?» chiesi.

«Oh, bene.»

Io guardavo dritto davanti a me, grigio in viso, nauseato, nemmeno sapevo se mi sentissi ancora le gambe.

«Gesù, amico, tutto a posto?»

Mi voltai. «Oh, non direi. Sono abbastanza sicuro che il mio cane stia per morire.»

Poi chiesi loro come mai si trovassero lì, e non ricordo assolutamente la risposta. So che il loro cane era una palla di pelo, e che il problema non era affatto un problema, in confronto a una morte imminente. Ma erano simpatici, quindi perché provavo un simile fastidio? Non possono mica tutti decidere di portarsi a casa un randagio che sembra la versione animale di un carro armato fatto a pezzi.

Sono certo che il loro cane sia ancora vivo, probabilmente grazie al fatto che non avevano aspettato che fosse troppo tardi prima di intervenire.

E Reuben?

Dopo un po', uscì la veterinaria.

Disse che era appeso a un filo.

Con ogni probabilità era cancro alla milza, e un chirurgo mi avrebbe contattato entro qualche ora. Per il momento, potevo solo andare a casa e aspettare. Ricordo a malapena il tragitto in macchina, ma suppongo sia stato un viaggio nella desolazione. Era ancora buio.

Parlai con Mika, in cucina, abbracciai i bambini. Erano andati tutti nel lettone, tra le lacrime. La telefonata arrivò quando li avevo portati a scuola da poco, e ci vennero offerte due opzioni.

La prima: aprirlo, prendere la milza, sistemare qualunque altro organo fosse compromesso e poi vedere cosa dicevano le analisi del sangue riguardo al cancro. Così avremmo rimosso il problema attuale, senza però avere una prospettiva di vita certa. «Potrebbe sopravvivere qualche mese» mi disse il chirurgo «forse anche anni, se siete fortunati... ma naturalmente non ci sono garanzie. In verità, non è probabile. E prima dovrà sopravvivere all'intervento.»

L'opzione due era non intervenire, fare le analisi del sangue, aspettare l'esito per il tempo che ci sarebbe voluto e vedere se valeva la pena di operare.

Parlai con chiarezza, al telefono.

«Operatelo. Sistematelo. Sono disposto a rischiare, purché serva ad avere del tempo in più con lui. Se morirà, avrà lottato fino alla fine.»

Conoscevo troppo bene quel cane.

Ce ne voleva per ammazzarlo.

Alle 14.30 arrivarono i risultati.

Alle 15.30 stavamo mangiando un gelato.

Quando tornarono i bambini, non salutarono nemmeno. Kitty disse soltanto: «Reuben?» E Noah: «È vivo?» E trassero un enorme sospiro di sollievo.

Avevo alcune cose di cui occuparmi, così presi i bambini e l'amica di Kitty, Wynter, e li portai con me, e dopo andammo a prenderci un gelato a Darlinghurst, per poi mangiarlo all'angolo di una strada sporca. Non avevamo mai assaggiato niente di più buono. Reuben se la sarebbe cavata. Anche se non sapevamo per quanto tempo.

Miracolosamente, potemmo andare a prenderlo solo due pomeriggi dopo, e l'intera delirante esperienza ci costò, come ho detto 11.897,65 dollari australiani.

Sì, lo avete letto bene entrambe le volte.

Quasi dodicimila dollari!

Il dettaglio dei costi occupava oltre tre pagine, e adesso Reuben non era solo il cane da due dollari con due ginocchia da cinquemila dollari, ma anche il cane in cui avevamo riversato un'altra folle somma di denaro, nella speranza di farlo restare con noi un po' di più. Un gioco costoso, ma avrei acceso un'altra ipoteca sulla casa, se avessi dovuto.

Quando andai a prenderlo, ebbi la sensazione che il mondo non fosse più lo stesso, come quando esci dal cinema: l'ambulatorio sembrava diverso, alla luce del giorno. Pagai, e aspettai, e poco dopo lo portarono fuori. Sembrava che avesse subìto delle torture in prigione, o perlomeno in un film ambientato in prigione. Rasato. Malconcio. Abbattuto. Con il sole che gli dava fastidio agli occhi, come se lo avessero tirato fuori da un buco. Quasi mi aspettavo che avesse anche dei tatuaggi.

Ricordo che mi chiamarono «papà».

«Guarda, Reuben, dov'è il tuo papà?»

Quando arrivò da dietro l'angolo, pensai: «Questo cane potrebbe essere il Minotauro» e lo pensai con un profondo affetto. Mi accovacciai e lui venne da me, appoggiandomi la testa sulla spalla.

«Ehi, amico» lo salutai.

Eh già.

Naturalmente non so dirvi che cosa pensasse in quel momento. Però credo che quella forma di accettazione fosse la risposta di Reuben a tante cose. Questa volta, con quelle poche sillabe voleva dire: «Eh già, ce la siamo vista brutta, vero?»

«È un duro, questo cane» disse la dottoressa e, notando il luccicchio nei suoi occhi, annuii. Reuben mi guardò, con mezza cresta da mohicano, e la cosa buffa è che gli stava benissimo. Più la vita lo prendeva a botte, più bello diventava.

Il martedì successivo volai a Edimburgo per quattro giorni, viaggio compreso. E mi trovavo lì, in un caffè al piano superiore di un edificio, quando ricevetti l'esito degli esami di Reuben, e seppi quanto era diffuso il cancro.

Faceva troppo caldo nella sala.

Sarebbe vissuto tre mesi, se era fortunato.

Quando ricevi notizie del genere, il volo per tornare a casa diventa interminabile.

Ma, com'era prevedibile, Reuben tornò sé stesso.

Si riprese bene dall'intervento. Gli stava ricrescendo il pelo. Il primo mese sembrò in forze, ma la strada era ancora lunga, e dovevamo fare in modo che non si arrendesse.

L'ultima cosa che volevo era che Mika e i bambini dovessero affrontare la tragedia da soli, mentre io ero via.

Il destino decise che Reuben avesse la sua prima giornata difficile non appena partii per un altro tour che mi avrebbe portato in dieci città degli Stati Uniti. Prima tappa Seattle, uno dei posti che preferivo, e all'atterraggio ricevetti notizie da Mika. Reuben si era nascosto in giardino, come fanno gli animali quando si preparano a morire. Paul era andato a visitarlo a casa. Il mio primo evento in libreria era più a nord ancora, nello Stato di Washington, e cominciai raccontando la verità, non potendo fare altrimenti. Dissi che forse sarei apparso un po' sottotono, quella sera, perché uno dei miei cani stava morendo mentre io ero lontano da casa. (Più tardi, mentre firmavo le copie, almeno la metà delle persone presenti mi raccontarono le loro esperienze con i cani... un'altra testimonianza di ciò che questi animali portano nelle nostre vite.)

Ma, anche questa volta, Reuben si riprese.

Forse era solo un riscaldamento.

Mika mi mandò delle foto, e alcune erano tra le più belle che gli avesse mai fatto: sembrava un orso, in cima alle scale di casa. Quando tornai, era di nuovo in forma. Aveva sei giorni buoni per ogni giorno brutto, ma quel rapporto diventava via via più incerto. E io avevo ancora dei viaggi in programma.

Il che ci porta alla domanda letale. Quando? Quand'è che li si porta dal veterinario? Quand'è che si mette fine al dolore per sempre?

Arrivammo a novembre, e ci furono di nuovo tremori e un indebolimento delle zampe. Ma si rimetteva sempre. E c'erano più giorni sì che no.

Quando partii per il breve viaggio a Chengdu, in Cina,

e a Hong Kong, ebbe un peggioramento da cui non si sarebbe più rimesso e, com'era d'obbligo, accadde in modo piuttosto comico.

Era il nove di novembre, sabato, e Reuben scese nel cortile, ma inciampò nel fare gli ultimi gradini. Dopo che ebbe fatto i suoi bisogni, non riuscì a risalire le scale da solo, ed era chiaro che l'incidente di poco prima lo avesse segnato. Mika lo vide fare più fatica del solito, e notò che del liquido gli stava gonfiando lo stomaco. Io sarei rientrato martedì, e ritenne di poter aspettare, convinta che Reuben avrebbe resistito. A meno che non fosse stato proprio impossibile, voleva che fossi lì, per Reuben ma anche per me. Voleva che il suo cane venisse accompagnato alla morte dal suo padrone.

All'alba di domenica, però, dovette andare di nuovo fuori per i suoi bisogni. Mika lo fece uscire sulla veranda, ma da lì non volle scendere nel prato.

Provò a incoraggiarlo. «Dai, Reuben, vieni.» Lui però non si mosse, per nulla convinto.

Come spesso faceva – perché era un po' troppo pesante e scomodo per prenderlo in braccio – Mika portò fuori il materasso leggero di gommapiuma e, con delicatezza, con estrema delicatezza, gli fece fare i gradini fino al prato. Più facile a dirsi che a farsi, credete a me.

Quando ebbe finito, si fermò ancora ai piedi della scala, in attesa. Avete mai provato a trascinare un cane piuttosto grosso e pesante per una scala, anche per pochi gradini, su un materasso morbido di scarsa qualità? (Cioè, chi è che non l'ha fatto?) Come prima cosa dovete fare in modo che resti su quel dannato affare. E poi dovete trovare l'attrito necessario per affrontare i vari spigoli. Nel frattempo, e questa è la parte migliore, dovete sopportare l'espressione costernata e confusa sul suo muso, quasi ti stesse chiedendo: «Sul serio? È questo il tuo piano?»

Inutile dire che, da vera dura qual è, dopo aver rischiato il peggio e dopo tanto lottare, Mika riuscì a tirarlo su, e poi a portarlo dentro casa. Reuben non si alzò nemmeno dal materasso per tornare a letto. Era esausto. E lo era anche Mika, bisogna dirlo; dormì sul divano per stargli vicina. E la notte non era ancora finita.

Mika stava proprio per riaddormentarsi, quando la cucina venne illuminata da torce, e poco dopo qualcuno bussò alla porta. Andò alla portafinestra e... no, gli occhi non la stavano ingannando.

È la... *polizia*?, pensò.

Sì.

Un uomo e una donna.

«Potrebbe aprire, per cortesia? Dobbiamo solo farle alcune domande.»

Essenzialmente, il giardino dietro casa è visibile da un paio di condomini alti e qualcuno, nella sua infinita saggezza, aveva chiamato in centrale dicendo di aver visto «un cadavere che veniva trascinato nel cortile, e poi dentro casa».

Mika era sulla porta. Stanca.

Lasciò ciondolare la testa.

Pochi secondi dopo, scoppiò a ridere.

Sono certo che gli agenti si chiesero se fosse la sua personale risata assassina e folle, e forse si preoccuparono ancora di più quando li invitò a entrare spontaneamente.

«Ecco» disse, senza girarci intorno «vi faccio vedere.» E poi: «Si tratta del nostro cane».

Con le luci accese, gli agenti, fermi sulla soglia del soggiorno, videro Reuben che giaceva mesto sul materasso.

«Lo vedete?» continuò Mika. «In condizioni normali,

se vi trovasse qui, con ogni probabilità vi salterebbe addosso per proteggermi... ma, come potete vedere, è messo piuttosto male. Doveva fare i suoi bisogni e ho dovuto dargli una mano a risalire i gradini. Non riesco a tirarlo su di peso, così l'ho trascinato su quel materasso...»

I due si ritennero più che soddisfatti.

«Capito» dissero. «Le chiediamo scusa, ma dopo una chiamata siamo obbligati a controllare.»

Ancora oggi ci chiediamo chi sia stato a telefonare. Nessuno ci disse mai nulla, né ci lasciò un biglietto nella cassetta delle lettere. Spero che la polizia gli abbia fatto un bel mazzo, anche se a volte immagino questi vicini senza volto mentre raccontano la storia agli amici, indicando dalla finestra. «Ecco, *quella* è la casa dei ladri di cadaveri...»

Non ci servivano altre prove.

Reuben ne aveva avuto abbastanza; era giunto il momento.

Mika prenotò l'iniezione.

Ci sono date che restano impresse nella memoria.

Il 12 novembre del 2019, un martedì, fu il giorno in cui dovemmo dire addio a Reuben.

La popolazione australiana, soprattutto di Victoria e del New South Wales, ricorderà quel periodo per l'incubo permanente degli incendi boschivi, i più devastanti cui avessimo mai assistito, e ne abbiamo visti parecchi. Il sole era l'unica cosa umida, una macchia lucida e rossa in uno spettro di fumo.

Quando atterrai, quella mattina, Reuben era disteso su un tappeto grigio a brandelli, vicino alla porta sul retro. Normalmente sarebbe venuto a salutarmi. Mika aveva parlato con Kitty e Noah la sera prima, e avevano già versato tutte le loro lacrime.

Ricordo quando uscirono per andare a scuola.

C'è qualcosa di speciale nei bambini in uniforme scolastica, soprattutto di prima mattina, quando l'aria è ancora piena di infinite possibilità. Quando i capelli sono ancora a posto, a incorniciare la testa.

La memoria mi dice che quel giorno il cielo si rasserenò, e che faceva caldo, com'era normale per la stagione. Sarebbe stata l'estate più rovente, secca e lunga di sempre.

Reuben aveva appuntamento per le undici, quindi avevamo ancora qualche ora per guardarlo e per imprimerci nella mente cose come la sua pelliccia e la protuberanza sul muso, vicino al naso. Le mascelle incrostate di cirripedi. Le zampe come legnetti da ardere. E tutti quei marroni miscelati insieme.

Le immagini che continuano a tornarmi, però, sono due: la prima, un atto di sfida, e la seconda, solo amore, puro e sincero.

Intorno alle dieci Reuben decise che voleva uscire e, come faceva spesso, trotterellò fino alla zanzariera sul retro e la aprì con il muso. Con quel gesto voleva dire: «Fottiti, zanzariera, levati dalle palle». E questa volta riuscì a scendere e a risalire. Non voleva andarsene senza un briciolo di orgoglio.

Quanto alla seconda immagine, è quella di Mika sdraiata sul tappeto con lui, il corpo contro il suo, il braccio intorno alla spalla. Scattai diverse foto di loro due così, e traboccano sofferenza e amore. Senso di perdita. Adoro quelle foto. Sia per lei, che per lui.

Lo portammo da Paul, nauseati ma anche sollevati. Era il momento, decisamente, o forse lo avevamo già superato di qualche giorno. Di sicuro non eravamo in anticipo.

Parcheggiamo sul retro e io tirai Reuben fuori dall'auto, ma anche in quel momento volle mantenere tutta la sua dignità.

Lo misi giù.

Lui mi guardò ed entrò.

E come si descrive la morte di un cane?

Come posso rendere giustizia a Reuben?

Si rischia di sforzarsi troppo, di voler rendere quel momento una cosa bella, poetica, quando non ce n'è alcun bisogno; quello che devi dire è lì di fronte a te. Ed è meglio farlo nel modo più semplice.

Essendo Reuben tanto pesante, Paul ci chiese se per noi andasse bene farlo sul pavimento, e gli dicemmo di sì. Lo mettemmo giù, e Megan (una delle brillanti infermiere di Paul, sempre gentile e dolce) si assicurò che fosse tutto pronto. Qualche ago, qualche tubo e Mika e io accanto a lui. Poco dopo lo vedemmo rilassato, quasi fosse crollato, completamente calmo.

«Credo sia il caso di fargliela ora» propose Paul e, al nostro okay, procedette.

Ricordo qualche battutaccia, un po' di humour nero da parte sua e mia, persino da parte di Mika. Paul sapeva come prenderci. Sono sicuro di aver detto qualcosa del tipo: «Be', se non altro adesso avremo una vita più facile e meno sanguinolenta». Mentre Paul aggiunse una frase che suonava come: «Mi mancherà quello sguardo da: "Sai che potrei dilaniarti in un secondo senza battere ciglio, non è vero?"»

Ma, alla fine, che si può fare?

Restammo lì seduti, con quel cane enorme.

Ruvido e selvaggio.

Accogliamo questi animali, a volte con qualche remora, e loro ci amano e basta (a parte quelle altre cose tremende, come distruggere libri appena consegnati, aggredire gente, uccidere altri animali, minacciare i tuoi amici), ed è anche per questo che si insinuano sotto la nostra pelle. Ci rendiamo conto che nessuno potrebbe amarli come noi. Una mia carissima amica, Camilla, che ha avuto i suoi bei cani problematici, dice che la morte di un animale domestico è forse la più devastante, perché gli umani vanno e vengono, hanno più di un legame, escono di più, vivono le loro vite. Ma un cane ci appartiene totalmente. Non va da nessuna parte. Solo noi lo conosciamo davvero. Solo noi lo capiamo. Solo noi possiamo perdonarlo. Parlando di Reuben, solo noi eravamo rimasti con lui su quel pavimento caldo e grigio, quando il suo cuore aveva smesso di battere. Solo noi lo avevamo trascinato giù per le scale e su per i gradini sopra un materasso, e gli avevamo fatto sbattere la testa contro lo stipite, entrando nell'ambulatorio veterinario, alle quattro del mattino. Solo noi lo avevamo assistito dopo le due fratture al ginocchio, e gli avevamo urlato di non morire, in un'auto che attraversava stridendo la città. E solo noi lo avevamo guardato rallentare il passo per adattarlo a quello della bambina che tanto lo amava, tanti anni prima...

Reuben era lì in mezzo a noi due, morto.

E Paul disse, sottovoce: «Se n'è andato».

Il cane che divenne un gentiluomo

Rientrammo in casa passando dal garage.

Reuben era morto.

(Per qualche ragione non riesco a usare termini come «scomparso». Forse lo diciamo per rispetto, ma in qualche modo ho sempre preferito l'idea che si vive e si muore, e tanto vale dirlo. C'è rispetto anche in questo.)

In ogni caso, non era più con noi.

Lui, con la sua imponente personalità.

Non era più lì a girare per le stanze, a far risuonare le unghie sulle scale di legno. Non era più lì a mettermi la testa sulle gambe mentre lavoravo, a darmi un colpetto per dirmi che era ora di uscire o, come avrebbe articolato lui, probabilmente: «Andiamo, umano, è ora di Reuben».

Sapeva quello che si meritava, per quanto distorta potesse essere la sua opinione.

Archer ci sentì entrare. Era fermo sulla porta d'ingresso.

«Archie» gli dissi «devi riempire un enorme paio di scarpe.»

Mi lasciai cadere e lo abbracciai.

Credo che sia così che cominci, quando ti ritrovi con un cane solo.

Lui era perplesso, cosa non del tutto rara. Non capiva

bene il significato di quell'ennesima sparizione di Reuben? Si rendeva conto che questa volta non sarebbe tornato? Sentiva un odore diverso? Eravamo diversi noi? Non lo so. Di nuovo, anche se so che sto commettendo il peccato di attribuire pensieri umani a degli animali (lo fanno tutti, dagli sceneggiatori di Hollywood ai maestri della narrazione come Tobias Wolff), come facciamo a saperlo con certezza? Ci piace pensare che sentano la mancanza di chi se ne va per primo, come accadde a Rocky con Tija tanti anni fa, ma sappiamo anche che i cani non sono tutti uguali e reagiscono in modi diversi. Sono certo che ad Archie Reuben mancasse, ma probabilmente si stava anche chiedendo tra quanto avrebbe cenato.

Mika andò subito di sopra a cambiarsi.

E aveva un valido motivo per farlo.

Prima di andare via dall'ambulatorio di Paul, decisi che non mi piaceva l'idea di lasciare Reuben sul pavimento. Mi sembrava improvvisamente così triste, flaccido, devastato. A un occhio poco esperto, sarebbe potuto sembrare un animale dimenticato, o abbandonato. Ed era impossibile non notarlo, ma non volevo rischiare lo stesso che qualcuno inciampasse nel suo corpo.

Paul disse che lui e Megan lo avrebbero adagiato sul tavolo, ma lo aiutammo noi, invece, e il nostro povero, vecchio amico cominciò a svuotarsi. Mika si ritrovò coperta di urina, e mi guardò.

«Te lo avevo detto che avremmo dovuto lasciarlo sul pavimento.»

«Merda» le dissi «mi dispiace. Reuben non ha ancora smesso di farci i dispetti.»

Dopo fu cremato e, nonostante avessimo in mente di spargere le sue ceneri su una delle nostre spiagge preferite, mi piaceva sempre di più l'idea di tenerlo con noi. Adesso è in una delicata borsa di rete in una bella cassettina grigia, con una placca che porta il suo nome. Potrebbe esserci anche del pot-pourri, là dentro, ammesso che quel che c'è invece sia davvero Reuben. (Credo che qualcuno nutra dei sospetti sul contenuto delle cassette che tornano dal forno crematorio. Mi domando cosa sia successo alle parti metalliche delle sue ginocchia, per esempio. Si sono fuse? E comunque Reuben e pot-pourri rimangono un accostamento piuttosto assurdo.)

Non aveva importanza.

Niente aveva importanza.

Ci erano rimasti Brutus e Archer.

E nessuno dei due andava sottovalutato.

Fu strano portare a spasso Archie, il giorno dopo. Uscimmo presto e, quando arrivammo al parco, lui accelerò e cominciò a correre, cosa che non faceva da un po'. Era stato costretto a limitarsi, per via della malattia di Reuben, e adesso attraversammo un bel pezzo di Centennial Park. La parte più strana fu pensare che, in tempi migliori, Reuben si muoveva sempre per primo. Sempre concentrato. E si innervosiva se Archer restava indietro. C'era una specie di alone che si disperdeva davanti a noi, adesso.

Sarebbe stato interessante vedere come si sarebbe comportato Archer. Avevo le mie segrete speranze e, come capita davvero di rado, avevo ragione.

Per il resto della sua vita, Archer si sarebbe comportato da gentiluomo.

Reuben mi mancava terribilmente, mancava a tutti. Quella testa arrugginita! Quell'atteggiamento dominante! Quei rumori *intergalattici*. Sembrava che a volte Archie lo cercasse, ma il capo della gang se n'era andato per sempre. L'associazione mafiosa di due cani si era spezzata. Gli mancava, ma si adattò alla nuova situazione. Se prima, quando entrava qualcuno, Archer piombava sulla porta come primo tenente di Reuben, adesso non ce n'era più bisogno. Eravamo sempre più sicuri che avessero agito seguendo un sistema molto semplice. A un certo punto, Reuben doveva aver imposto ad Archer la direttiva chiara e intima di spaventare a morte chiunque si fosse presentato lì. Solo in situazioni disperate (si pensi alla minaccia rappresentata dall'insegnante di piano che si era introdotta in casa nostra) si lasciava coinvolgere anche lui. Spesso, e con il passare del tempo sempre di più, Reuben aveva cominciato a tenersi fuori, lasciando che fosse Archer a occuparsi della faccenda; aveva cose più importanti in mente. Ma, adesso che il re era morto, Archie poteva essere più sé stesso. Un principe per natura, e un tenerone.

E andò così.

Per i sedici mesi successivi, Archer partecipò alla nostra vita come sempre, ma come l'unico cane. Non che lui e Brutus siano mai diventati amici o qualcosa del genere, ma le ostilità erano ormai dimenticate, e adesso Brutie era anziano. Dormiva sul nostro letto anche più di prima, o bloccava Mika sul divano. Aveva ancora qualche crimine nella manica, che lui probabilmente interpretava come mere manie da bricconcello o come marachelle eccentriche, ma francamente nessuno stravede per un animale che piscia sui tappeti. Soprattutto quando il tappeto è nuovo di zecca. E quindi mi toccava di nuovo quel lavoro: lavare, mettere in ammollo, sistemare e infine annusare per cogliere eventuali tracce residue dell'odore.

Archie era il mio unico amico, adesso, in termini canini. Passeggiammo insieme per tutta l'estate, nel respiro fumoso della città, nella cenere della costa del Sud... Le foto sembrano scattate sulla luna. Si sedeva nel mio studio, mentre lavoravo. O si stendeva sul dorso, quando giocavamo a Monopoli in famiglia. Con il passare degli anni cominciò a sdraiarsi nel cortile, faccia a faccia con Noah. I due secondogeniti. Sembravano così a loro agio, così uniti. A un certo punto Paul gli rimosse un dente giallo e cariato e, una volta a casa, si mise a piangere nel mio studio, quando uscii di nuovo per andare a prendere Noah agli allenamenti di calcio. Mika mi mandò un video: «Senti come piagnucola il tuo cane!» Ma, come facevamo sempre con i nostri animali, capivo che voleva solo fare la dura. Rideva, ma dentro si stava sciogliendo. La soglia del dolore di Archie non era quella di Reuben.

Uno dei periodi insieme a lui che ricordo con più affetto fu il primo lockdown, nel 2020, quando stava seduto con me mentre tiravo giù libri dalle nostre gigantesche librerie e poi facevo una selezione, spolveravo e risistemavo. «Vieni qui, Archo» dicevo. «Vieni, amico, mettiamoci al lavoro.» E lui veniva.

Quello stesso anno, quando alla fine dovetti farmi operare al ginocchio, quasi un decennio dopo l'incidente di Reuben al parco, Archie stava accanto a me, mentre leggevo sul divano o guardavo film e partite di calcio. Ricordo soprattutto *Il treno notturno*, la raccolta di racconti di Thom Jones, il muso di Archer inclinato verso l'alto che osservava. Era stato soprattutto lui ad ascoltare, quando leggevamo storie ai bambini, guardando il testo e le illustrazioni. Adesso non riesco a pensare a quel libro senza vedere il muso imperturbabile di Archie, o la soddisfazione nei suoi occhi. Era fantastico averlo intorno, e mi seguiva ovunque andassi. Un fratello, un figlio. La mia sentinella.

Quanto al comportamento con le altre persone, Archer era molto cambiato. Che ci crediate o no, la gente poteva venire in casa nostra. Lui la salutava! Si lasciava persino accarezzare. Ricordo che venne il mio amico Gus, che gli accarezzò il dorso, in cucina. Archie, lo scrollatore cronico, si lasciò toccare da Gus, che in modo piuttosto comico cercò di lisciargli il pelo.

«Lascia perdere» gli dissi. «Non si finisce mai... è come pitturare Harbour Bridge. Quando finisci, devi ricominciare da capo.»

Giorno dopo giorno, salivamo le scale in quel nostro modo comico: quando io mi fermavo, si fermava anche lui. Io ripartivo, lui ripartiva. Sempre guardando avanti, sempre quell'aria vagamente colpevole: «Che c'è? Non sto facendo niente. Voglio camminare qui, e basta».

Si sdraiava al sole come nessun altro cane.

Riusciva ad assorbirlo tutto. Tutto quanto.

Verso la fine del 2020 perdemmo anche Brutie, lo sfrenato fabbricante di fusa, la zavorra sulle gambe di Mika. Il suo urinare in giro per casa era diventato diabolico, al limite del patologico. Ogni tanto aveva difficoltà anche a mangiare, quindi, dopo averne discusso con il dovuto carico di tensione e di sofferenza, intraprendemmo il fatidico viaggio in macchina verso l'ambulatorio di Paul.

Fu dura soprattutto per Mika. Lei e quel gatto erano gemelli siamesi. Quando era seduto con lei, le sue fusa raggiungevano l'acutezza del verso di un piccione. Avevo anch'io i miei ricordi con lui: di quando lo avevo tirato fuori da uno scarico vicino alla nostra prima casa, delle vibrisse tirate indietro come un paio di baffi umani, di lui e Bijoux che camminavano con me nella boscaglia, al Sud, comportandosi come due cani; di quando me l'ero messo su una spalla, dopo essermi fatto la doccia, prima di infilarmi la camicia, e avevo sentito i cuscinetti sotto le zampe, e lui che faceva attenzione a non graffiarmi. Di quando lo facevo scendere dalle ginocchia per riuscire a lavorare. E l'elenco continua, ancora e ancora. I due gatti si raggomitolavano spesso insieme (di solito sul mio cuscino, dannazione), ed era sempre Brutie a seguire Bijoux, esattamente come stava facendo ora, anche se in un modo un po' meno barbaro. Come si dice, dobbiamo essere grati per le piccole cose.

E poi un'altra piccola cosa capitò.

Quando ci restò solo Archer, pensavamo che sarebbe rimasto con noi ancora per anni. A parte l'esperienza di vita per strada che aveva fatto da cucciolo, e l'infezione da parvovirus, non aveva mai avuto problemi di salute. Non si era mai fatto male. Non gli era mai successo nulla che lasciasse intendere che avrebbe avuto una brutta morte.

Nel gennaio 2021 cominciò a restare indietro durante le nostre passeggiate di rito. Il problema era che si faceva trascinare da sempre, quindi non vi diedi molto peso. Con il passare del tempo, però, cominciammo a preoccuparci. A febbraio lo portai da Paul per degli esami del sangue, da cui però non emerse nulla.

Nei mesi successivi sembrò stabilizzarsi, e si muoveva ancora in modo meraviglioso, quando voleva. Come Shoeless Joe, che aveva messo su qualche chilo ma *riusciva ancora a battere*, Archer non era il cane di prima, ma Dio, se correva.

Quell'anno, i contagi da Covid subirono una nuova impennata, ma qui a Sydney il lockdown totale non arrivò fino a giugno. A metà aprile tornammo da un evento sportivo organizzato con una serie di misure di precauzione, dov'eravamo stati tutto il pomeriggio, e trovammo Archie in cima alle scale. Noah salì per primo, chiamandolo, e poi quando lo raggiunse disse: «Oh, Archie...» e ottenne la nostra attenzione. «Ehi, aiuto!»

Vidi nostro figlio prepararsi a prenderlo, se fosse caduto. Archie sembrava intontito; vacillava. Era chiaro che qualcosa non andava. L'indomani mattina controllai il letto. Era bagnato.

Avemmo la conferma quando lo riportai da Paul. All'inizio, non saltò in macchina come faceva di solito, con una breve rincorsa e un balzo, o a volte anche un guizzo da fermo. Poi, quando dovetti lasciare l'auto lontano dall'ambulatorio, non volle camminare. Lo portai in braccio, passando davanti ai negozi di abbigliamento, alla Sonoma Bakery, all'agenzia immobiliare, e poi all'entrata principale dell'ambulatorio... e quella fu la sera in cui accadde.

Non chiedetemi come mai gli esiti arrivarono così in fretta, ma andò così, ed è adesso che ha luogo il momento che vi ho descritto in precedenza, al tavolo della cucina, quando immaginai di lanciare il piatto contro la finestra. E poi la doccia, tra le lacrime. Non Archer, mi dissi, lui no. Stava solo cominciando a vivere, era diventato un'anima tanto gentile.

Ma lo sappiamo tutti che con la morte non si tratta.

Quella notte dormii sul divano, con Archie sul suo letto, accanto a me.

La mattina, i bambini lo salutarono, e lui rimase muto, si vedeva che stava molto male. Quello che lo stava uccidendo stava agendo in fretta, questo era sicuro, ma ancora non sapevamo bene cosa fare. I bambini dovevano dirgli addio per *l'ultima* volta?

Alle 9.30 lo sapemmo con certezza.

Paul non aveva posto prima delle tre, e fissammo un appuntamento per quell'ora... ma alle dieci stava già soffrendo terribilmente. Sui gradini dietro casa barcollò, e lo presi tra le braccia. Poi appoggiò la testa tra le mie mani.

Chiamai di nuovo e parlai con l'altro infermiere che lavorava con Paul, Phil, e, dopo essermi sforzato per anni di essere sempre accomodante e tranquillo, decisi che in un giorno come quello non c'era tempo per certe cose. «Phil» gli dissi «questo cane mi sta morendo davanti agli occhi, soffre molto. Non c'è proprio la possibilità di portarlo prima?» (Me ne rendo conto: davvero ostile come tono!)

Anticiparono a mezzogiorno.

Nel frattempo, Mika andò a prendere i ragazzi a scuola. Halina era in zona e passò a fare un salto. Il caro Angus, grande amico dei nostri cani, stava rientrando dal lavoro in aeroporto, e volle fermarsi anche lui. Non lo avevo mai visto così addolorato.

Immaginerete, comunque, che tutto questo non era nulla in confronto alla sofferenza di Kitty e Noah. Li avevo visti piangere, ma mai così. (Ricorderete che io mi trovavo ancora a Hong Kong, quando avevano saputo che Reuben ci stava lasciando.) I nostri nuovi vicini, che avevano tre cani, qualche giorno dopo ci dissero che lo avevano sentito. Nelle viscere.

Alle dodici lo portai all'ambulatorio.

Non c'era parcheggio sul retro, così Mika mi lasciò davanti all'ingresso, e lo presi in braccio. Phil venne ad aprire e mi aiutò a entrare, e fu piuttosto divertente quel suo gesto galante. Non ricordo più che cosa ci dicemmo, esattamente, ma so che scherzammo, probabilmente io mi lamentai del peso di Archie, mentre lo ringraziavo per aver anticipato l'appuntamento. Il nostro cane sembrava quasi esangue.

E quello che accadde dopo? Non è facile scriverlo.

Ma mi costringo a farlo, come una macchina.

Questa volta usammo il tavolo.

Mika e io lo abbracciammo.

«Archie, Archerboy» gli dissi. «Sei bellissimo.» E lo era. Gli assicurai che presto il dolore sarebbe passato, e lui, lì disteso, mi guardava e mi amava. Non so se Reuben mi avesse mai amato come Archie, e forse è vero anche per me, perché loro ci capiscono come nessun altro, e sanno perdonarci più di quanto facciano gli umani. Hanno storie ingannevolmente complesse. Se Archie fosse stato umano, sarebbe stato un ladro di gioielli. Fu lui a realizzare i furti di cibo più spettacolari, nel tempo che trascorremmo insieme. Oppure magari un terapista... in un ultimo momento di lucidità, lo vidi mentre superava Reuben sulla spiaggia.

Pochi secondi dopo il fluido entrò in circolo, ed era così verde, e poi l'interruttore divenne molle nel pugno di Paul.

Le labbra di Archie. Erano diventate tanto bianche. Era pallido, quasi anemico. Adesso rimase fermo sul tavolo, e nella morte era com'era stato in vita: biondo e bellissimo. Gli occhi ora grigi e vitrei.

Come ho detto nel prologo, fu come se la marea fosse venuta a prenderselo.

Archie, dire che ti abbiamo amato è poco.

Ti immagino per mare.

2021. Il lungo periodo senza cani

Fu peggio la mattina dopo, quando mi svegliai pensando alla vita senza i nostri cani.

Niente più Reuben, niente più Archer.

Se n'erano andati, e la casa era vuota perché da un certo punto di vista lo era. Vuota di animali. C'eravamo solo noi. Noi esseri umani litigiosi.

Preparai del caffè e ne portai due tazze a letto.

Mi sdraiai con la testa sul ventre di Mika, ricordando Archie quando si appoggiava a Reuben. E fu in quel momento che andai in pezzi. Volevo soltanto riavere quei cani, che ci avevano regalato un'enorme fetta di vita, e ci avevano causato tanti problemi.

La differenza più grande, adesso, era il fatto che, per quanto la perdita di Reuben ci avesse travolti come un terremoto, avevamo ancora Archer, una creatura che aveva bisogno di noi. Che doveva essere nutrita, portata a spasso, amata. E, cosa estremamente importante, avevamo ancora un cane di cui lagnarci. Se non altro, potevamo meravigliarci della quantità di pelo che perdeva. «Gesù, guardate qui. Ci potremmo fare un altro cane...» Ci aveva costretti a impegnarci, e adesso ci era stato portato via anche lui e dentro ciascuno di noi era morto qualcosa.

Le settimane passavano, e noi ci abituavamo alla vita senza animali. Mika diceva che avrei dovuto scrivere dei nostri cani, finché la loro storia era ancora fresca nella mia memoria (un suggerimento che mi aveva già dato alla morte di Reuben). Avendo vissuto con uno scrittore che aveva impiegato tredici anni a buttar giù il suo ultimo libro, probabilmente sperava che sarei riuscito a scrivere qualcosa in fretta. Non per ragioni finanziarie, o per ambizione, ma perché si suppone che gli scrittori producano... che comincino libri e a volte li portino a termine. Ma sapeva anche cosa significava per me. Cosa significavano *loro*, per me.

«Quei due cani» mi disse un giorno, incorniciata dal telaio della porta del mio studio «erano una parte importante di te.»

E giuro che ci provai, davvero.

Avevo già buttato giù qualche breve pagina, in sei o sette tentativi diversi, dopo la morte di Reuben, a partire da quella mattina presto in cui era collassato sul pavimento del mio studio. Non andava, il tono era sbagliato. Quanto può essere pigra una persona? Si può rinunciare dopo solo qualche ridicolo insuccesso? Ma è come ho detto all'inizio: già dalla prima frase capisco se mi va di scrivere di una cosa, e non mi andava, non ancora. Forse non sono ancora pronto, pensavo. O forse mi piaceva tenermi tutto dentro.

Come al solito, però, probabilmente la mia era solo paura. Una parte fondamentale della mia vita creativa si era basata su quell'emozione, innanzitutto. Vile paura. E sul dubbio: relativo non solo alle mie capacità, ma anche alla volontà di arrivare in fondo. Non sopportavo l'idea di deluderli. Non potevo deludere i miei cani.

Così, cosa feci?

Andai a fare surf.

Presi la macchina e mi diressi a Bondi e a Maroubra, dove arrivai appena prima dell'alba. Nel punto in cui la luce incontrava gli schizzi d'acqua, vidi la mia famiglia, e Reuben e Archer. Vidi Bijoux, il Gengis felino. E Brutie, il pisciatore che faceva dolcissime fusa. Ricordai le mattine in cui Reuben stava male e non voleva uscire. Archie e io percorrevamo il bagnasciuga, e c'era sempre qualcuno che diceva: «Ehi, e l'altro cane?»

«Oh, ha il cancro. Sta bene, ma ci sono mattine in cui non se la sente di uscire.»

E la reazione di quelle persone era sempre di sincera tristezza. «È strano vederla con un cane solo» dicevano, e poi proseguivamo in direzioni opposte. Dalla mia esperienza, con amici e parenti vari, posso dire che il cancro di un essere umano ci fa arrabbiare; il cancro di un animale ci rende tristi, e basta.

E un'ultima cosa.

Quando ti ritrovi senza più cani, nessuno ti chiede nulla. Nessuno ti riconosce più. Non sei più quello che eri.

Il che ci porta all'inevitabile.

Sì.

Prendemmo un altro cane.

Stando ai miei calcoli, passarono ottantadue giorni, poco meno di tre mesi, e devo dire che, nonostante l'amore che avevo provato per i nostri animali e nonostante l'enorme sofferenza, furono tre mesi splendidi!

In quel lasso di tempo, Sydney visse un nuovo lockdown, più severo dei precedenti e, sebbene la casa fosse più pulita e avessimo molto più tempo per noi, i nostri amici pelosi ci mancavano terribilmente e i bambini diventarono sempre più irrequieti. Avevano trascorso tanto tempo con i nostri animali, soprattutto con i cani, pertanto prestavamo molta attenzione quando tiravano fuori l'argomento; o, per dirla meglio, prestavamo molta attenzione e poi dicevamo di no. Le ferite lasciate da un animale che se ne va sono diverse per ciascuno di noi. Alcuni vanno subito a cercare un sostituto, altri si prendono anni, persino decenni. C'è chi non ce la fa più. Io e Mika pensavamo di averne passate abbastanza. Ci impegnammo a goderci quella pausa. Per non parlare dell'aspirapolvere. Senza più peli di cane e gatto, quel povero stronzo poteva anche andarsene alle Bahamas.

Ma sapete com'è, va sempre a finire così. La scintilla diventa un bagliore, la luce una fiamma. Un fuoco diventa un inferno. Una sera, per capriccio, dai un'occhiata veloce a qualche sito di rifugi per animali, e i cani ti guardano con quegli occhioni supplichevoli. Prendi qualche appunto mentale. Con tua moglie, ammetti i tuoi peccati.

«Oh, merda» fa lei. «Non mi dire... hai dato retta ai bambini, maledetti loro?»

«Ottima osservazione. I loro consigli non portano mai a nulla di buono.»

«Esatto!»

«E avremo gli stessi problemi di sempre.»

«Difficoltà a viaggiare... non vivremo mai in un altro continente...»

«Come se avessimo mai avuto in mente di farlo, comunque.»

«Non si può mai sapere!» Si ferma. «Già...»

A metà giugno, provammo ad aderire a una politica di embargo ai siti web canini ma non ci riuscimmo. Di cani appropriatamente svantaggiati ce n'erano parecchi, e ciascuno di loro rappresentava una tentazione. Ne ricordo uno di nome Cookie, marrone tigrato, con delle piccole strisce nere, ma Mika ancora non si sentiva pronta.

Probabilmente, anche se si tratta di affermare l'ovvio, a questo punto dovrei spiegare cosa cerchiamo io e Mika in un cane, e perché abbiamo sempre scelto delle pistole cariche. So di aver detto che lei aveva un talento per scovare cani problematici, ma so anche di essere pessimo quanto lei. Non siamo contrari a chi compra cani di razza, o incroci di razze in voga. (In verità loro sono quelli intelligenti, e non li odio i Cavoodle, lo giuro sul nome di mia madre!) Ma qualcuno deve pur prendere i meticci di strada, gli scarti, quelli che non ama nessuno. Lo ripeto, nulla di tutto ciò ci rende speciali: non possiamo farne a meno, tutto qui. A noi piace così. Lanciamo i dadi. E forse, ma solo forse, amiamo il caos.

Detto ciò, smisi di nuovo di visitare quei siti.

L'entusiasmo veniva dai ragazzi, ed è una cosa che ricorderò sempre con piacere. Non ci diedero mai il tormento. Avevano fatto la loro richiesta e noi l'avevamo registrata. E basta. In quel periodo affrontarono con disinvoltura la didattica a distanza, e andarono avanti con le loro vite. A volte parlavamo tutti insieme di compiere di nuovo quel passo, ma le conversazioni finivano in un nulla di fatto...

E poi vidi lui.

Sul sito web della Sydney Dogs and Cats Home era comparso un cane nuovo, un animale dall'aspetto straordinario.

Abbastanza grosso.

Abbastanza ruvido.

Dallo sguardo amichevole.

Abbastanza vicino all'età giusta (un anno e mezzo, e noi ne cercavamo uno di due).

A essere sinceri sembrava uno di quei cani che vedi in

un film, o in una sitcom, che sporca dappertutto ma in qualche modo affascina, magari correndo per casa mentre viene lavato e dandosi una scrollata in cucina. Quel genere di cane.

Così, guardai.

Un po' lavoravo al nuovo romanzo, presumibilmente breve, che stavo pensando di scrivere (e non stava andando bene), un po' facevo dei giri sul sito, e cercavo quel cane.

C'era ancora.

Finora lo avevo tenuto per me, quel buffo animale con il pelo bianco, che mi guardava amorevole dallo schermo. (Gesù, il fotografo di quel rifugio era un genio, sembrava un dannato Rembrandt!)

Questo fino a venerdì pomeriggio.

9 luglio 2021.

Il cane sullo schermo si chiamava Frosty.

Un nome ridicolo, che però gli stava bene. Oh, e c'era anche un'altra cosa. La breve ma brillante presentazione diceva che il padrone ideale sarebbe stato qualcuno che aveva esperienza con cani di grossa taglia, capace di limare qualche piccola abitudine... Ma chiariva che per il resto era amichevole, compagnone, e «amava gli altri cani e le persone».

Quindi, come potete immaginare... Fate entrare l'idiota, *muchas gracias*, mettetemi in lista!

Sentii arrivare un'ondata di eccitazione, ma anche dei dubbi. Come potevamo anche solo prendere in considerazione una cosa del genere?

Guardai la porta del mio studio.

Non c'era Reub, non c'era Archie sdraiato a riposare.

È qui in questo libro che dovrei fare come in passato, come accade quasi in ogni libro, in ogni storia e in ogni film. La prima volta che capii questo meccanismo, stavo guardando una pellicola con Tom Hanks, *Turner e il casinaro* (dove c'è un cane), in cui il finale rispecchia l'inizio. È così che facciamo scattare l'emozione, tornando a risvegliare vecchi ricordi. Nel film, dopo la morte eroica di Hooch, che salva la vita al personaggio di Hanks, andiamo avanti rapidamente nel tempo fino a vedere un sostituto, un cucciolo, a cui viene insegnato a non bere dal water, esattamente com'era successo all'inizio.

Quindi questo è il punto in cui potrei tornare indietro a quel momento del passato, solo che questa volta toccherebbe a me chiamare Mika, e a lei manifestare sospetti e dubbi.

Dovrei prendere nota di tutti i dettagli.

Un ultimo pelo di Archie illuminato dalla luce sul pavimento del mio studio, l'odore che ancora si sentiva di Bijoux, o di Brutie.

Dovrei gridare a Mika che ho trovato un cane, e lei dovrebbe dire: «Scusa? Che hai detto? Non ho sentito bene...»

Non lo farò, però, perché a volte riconosciamo le nostre scelte migliori sin dal principio. In questo caso, vidi il cane. Lo immaginai nella nostra famiglia di umani, e in mezzo ai fantasmi degli animali passati. Quando ne parlai con Mika, lei aveva già capito tutto. I ragazzi, di fronte alla prospettiva che accadesse per davvero, furono cauti e stranamente silenziosi. Noah era più entusiasta. Kitty, credo, aveva paura di non poter amare nessun cane quanto aveva amato Reuben o Archie. Ma ci vollero solo tre o quattro minuti di riflessione, e ci disse che era pronta. Eravamo tutti d'accordo, quindi, e ci prendemmo quell'impegno.

Feci la telefonata quello stesso giorno.

Lunedì andammo a conoscere un cane enorme e selvatico.

E poi, malgrado tutto – malgrado il buon senso, l'esperienza, l'istinto di autoconservazione – facemmo quello che apparentemente facciamo noi Zusak, in questa vita.

Andammo a conoscere un cane enorme e selvatico, e lo tenemmo con noi.

Il viaggio cominciato allora è stato memorabile.

(L'ultima prova di questo è ancora lì, in agguato.)

Al momento, siamo sopravvissuti, e con noi anche il vicinato, pare.

A marzo 2022 cominciai a lavorare a questo libro, otto mesi dopo l'arrivo di Frosty. Ed è con noi da due anni e mezzo, mentre rivedo le ultime correzioni.

Sotto molti aspetti, è esattamente il cane di cui avevamo bisogno. È amichevole. Ama davvero gli altri cani – be', la maggior parte – e non farebbe mai del male a una persona intenzionalmente.

Ma si merita un epilogo.

Non fraintendete.

Reuben era un po' pericoloso, forse, e Archer era il suo primo tenente, e là fuori senza dubbio ci sono cani criminali e cani santi, con tutto quello che sta nel mezzo. Ma su quelle distese d'erba, nei parchi, sulle spiagge, nei paesaggi di città, c'è un grosso *coso che corre*, bianco e con il pelo ruvido e, dei tre cani che ho avuto, che ho amato e per cui ho lottato, che ho saputo gestire più o meno bene, lui è sicuramente il più selvatico.

A che cosa accidenti stavo pensando?

Epilogo

Il cane venuto dal freddo

Il suo ultimo soprannome, in ordine di tempo, è *Frozmoan*.

C'è un motivo, naturalmente, in cui inciamperemo presto.

Nel frattempo, dovrei confessare che il mio primo tentativo di epilogo era troppo formale e filosofico, non proprio giusto nella migliore delle ipotesi, decisamente inquietante nella peggiore. Quando il personaggio letterario le cui parole hai citato più spesso in un libro è Chewbacca, sembra un po' ridicolo tirare fuori l'artiglieria pesante nel finale. In quella prima stesura avevo menzionato persino Proust, ci credereste? E la sua vasta struttura del ricordo... Quindi, a un certo punto, mi sono detto che no, dovevo finirla. Che sarebbe stato molto più adatto alla storia (e alle sue creature) seguire gli indizi che arrivano dallo stomaco e dal cuore.

Come spiegare quello che accadde?

Come riassumere come è stato?

In tre parole: *Frosty, maledetto lui.*

Vale quello che ho detto all'inizio.

Questo libro esiste grazie a lui, perché mi ha mostrato

la strada, ha illuminato la via. Mi ha dato la battuta di apertura, che è la mia prima indicazione, l'istruzione necessaria su come dovrò scrivere il resto.

Avevo bisogno di disordine nel presente, un disordine che riflettesse i fatti del passato. La voce di un cuore in pezzi può essere avvincente, ma che cos'è senza calamità, senza risate, senza pane quotidiano? Senza l'arte di riuscire a portare a termine le cose? Ho imparato ad accettare o, meglio, ad abbracciare un mondo in cui è presente tutto questo. Grazie ai nostri tanti animali, abbiamo avuto una vita bellissima, brutale, terribile, divertentissima, follavventurosa (e lo so, non esiste questa parola, ma spero me la passiate). Come mi spiegò una volta l'amico Tom McNeal, in passato padrone di Edna il Doberman tremante, a proposito della regola aurea della scrittura «mostra, non dire»: «Sì, però non preoccupartene troppo: scrivi tutto quello che pensi possa essere capito. L'importante è cavarsela».

Una regola che serve a scrivere la vita.

Quindi che fare adesso con questo terzo cane errante e il suo talento creativo per il disordine? Sono sincero, avrei potuto scrivere un'intera parte sugli anni ribelli e imprevedibili che abbiamo vissuto con lui, ma ho preferito risparmiarvela; e qua potete leggere anche la mia lealtà nei confronti di Reuben e Archer: loro avevano vissuto un'intera vita per meritarsi una parte di libro, e Frosty non avrà nulla che non si sia guadagnato. Gli voglio bene, ma non così tanto. (A dire il vero, lo amo disperatamente ma, come dice Walter ne *Il grande Lebowski*, una storia di interferenze nell'universo, se mai ce n'è stata una: «Ci sono delle regole ». Regole che vanno oltre il «mostra, non dire».)

Quindi, vi dirò quello che voglio, semplicemente.

Quella che segue è una lista piuttosto esaustiva dei dubbi successi ottenuti finora da Frosty. A dire il vero ce ne sono molti altri (un periodo piuttosto confuso, lo definirei) ma, se non altro, vi darà un'idea abbastanza chiara del contributo del nostro cane a questo mondo. Che non è sempre stato positivo.

1. Buttare a terra le persone, al parco. (Conta dei corpi: quattro. Ferite, per qualche miracolo neanche una.)
2. Mangiare merda rotolandosi negli escrementi umani, sempre al parco. (Livello di disgusto: estremo. Imprecazioni e bestemmie da parte del sottoscritto: al di fuori di ogni diagramma.)
3. Assillare le persone armate di quella specie di lanciapalle per cani. (Ha perso quest'abitudine, adesso, ma c'è sempre la possibilità che gli scatti di nuovo qualcosa nel cervello.)
4. Lanciarsi con cattiveria su ginocchia, stinchi e quadricipiti. (Come si è visto nel prologo: a seguire, i dettagli finali.)
5. Saltare sul sedile anteriore della mia auto ghignando come un pazzo al volante, se veniva lasciato lì dentro da solo per tre secondi appena. (Anche questa mania è sotto controllo, adesso.)
6. Non attaccare briga con gli altri cani, non per primo, ma avere, nella mischia, una forte determinazione a *finirli*. (Chiedetelo a un Pastore tedesco di nome Turbo, e a un fastidioso Pastore australiano. Se cominci a litigare con lui, a quanto pare, Frosty è pronto a battersi fino alla morte.)
7. Rincorrere le biciclette. (Comincia a calmarsi, adesso, ma bisogna ancora tenerlo d'occhio.)

8. Rincorrere i cavalli vicino ai maneggi a Centennial Park. (Anche questa abitudine è sotto controllo, così come quelle elencate ai prossimi punti.)
9. Attaccare gli scooter. (Persino se li vedeva fermi al semaforo, mentre oziavano innocenti, si lanciava sulle loro gomme.)
10. Diretta conseguenza della voce precedente: far finire il proprio padrone avvinghiato a un cartello di divieto di sosta, perché una Vespa ci era appena passata accanto. (Accadde una volta sola ma fu memorabile, soprattutto perché Paul, il nostro fidato veterinario, assistette alla scena mentre andava a prendere il caffè.)
11. Attaccare l'aspirapolvere. (Un tempo compulsivamente, oggi sporadicamente.)
12. Maltrattare il tagliaerba. (Dal suo punto di vista ci sta, se ci pensate.)
13. Aggredire il tagliaerba prima ancora che tu l'abbia messo in moto. (Non riesce a resistere a quelle ruote!)
14. Molestare gravemente il sottoscritto *ogni singola mattina*, al risveglio, per costringerlo a portarlo fuori. (Non finisce mai: salta, parla, chiama, geme. Fa scattare le mascelle. Sinceramente non avevo mai avuto un cane così loquace o che facesse scattare le mascelle tanto di frequente. Quei denti si chiudono come fulmini. Ha anche uno sbadiglio accusatorio, che gli serve per dirti: *Gesù, potresti muoverti più lentamente di così?* E sono anche sicuro che imprechi e bestemmi.)
15. Inseguire e cacciare qualsiasi specie animale evidente o vagante che ritenga degna di essere cacciata (tutte, quindi). Può succedere ovunque, in qualunque momento, e fa morire dal ridere per quanto sia irritante.
16. Usare le zampe come mani per circondarti le gambe e trascinarti dove vuole che tu stia.

17. Con le suddette zampe, riuscire ad aprire cancelli. In particolare un cancello enorme e lungo, sulla costa meridionale, con l'obiettivo di correre dietro ai canguri. (Come ha detto una volta Masami, la nostra amica, che lo vide sfrecciare di fianco a lei, ad Angus e al loro cane, Busta: «Abbiamo visto solo questa grossa *macchia* bianca. Ci è passato accanto come una saetta ed è volato tra gli alberi. E poi è *scomparso*».)
18. Sviluppare una dipendenza a lanciarsi contro il cancello di cui sopra, sempre per cacciare i canguri. (Una volta capito che era in grado di aprirlo, non c'è più stato modo di fermarlo.)
19. Tornare da quelle spedizioni coperto da chiazze d'erba, carbone e terra, e con il petto graffiato da artigli. (Se mai lo avessero preso alla giugulare, sarebbe calato il sipario.)
20. Tornare da quelle spedizioni con altri souvenir vari, tipo un'escrescenza cutanea delle dimensioni di una moneta da cinquanta centesimi, rossa, chiaramente straziata da un ramoscello in cui doveva essersi impigliato. (Uno spettacolo tale da strapparmi un sussulto. Prima l'ho lavata con detersivo per i piatti, ma mezz'ora dopo ho trovato del Betadine. Quando l'ho usato per tamponare la ferita, Frosty ha fatto un salto e si è messo a ruggire come un mostro uscito dagli abissi. Niente morsi, niente attacchi, solo quell'urlo, quasi volesse dire: *Cavolo, fa un male tremendo!*)
21. Attaccare gli ugelli degli irrigatori da giardino. (Quando è successo non siamo riusciti a fermarlo. Il parco intero se ne stava lì a guardare, ridendo impressionato. Alla fine, Frosty si è ritrovato con la bocca infiammata e sanguinante, ovvio.)
22. Cenare con il fertilizzante, nel giardino dei miei, per

poi vomitare nella mia auto. (Credetemi, un'esperienza sensazionale e ripugnante.)

23. Andare da solo all'ambulatorio veterinario. Questa è l'impresa più recente. Una mattina ha trovato il cancello socchiuso ed è andato da Paul per farsi curare, mentre Mika e io eravamo fuori. (Molto da Frosty.)

E così via.

Non è difficile intuire come molti dei punti qui sopra potrebbero diventare dei capitoli interi. Prendete l'ultimo, che culminò con Paul che mi diceva in confidenza che splendido lavoro avessi fatto con lui.

«Si è presentato alla porta, era calmo e per niente ansioso. Era così selvatico quando ce lo hai portato la prima volta...»

Io? mi chiesi. Uno splendido lavoro? Stiamo parlando dello stesso cane?

E la ciliegina sulla torta fu il fatto che, tornando a casa, le persone che lo incontravano lo riconoscevano, tutte quante: poco mancava che gli dessero un cinque, per strada. Doveva aver avuto una mattina grandiosa, il che è proprio da lui. Così come ero abituato a dire che Reuben era un cane da due dollari con due ginocchia da cinquemila dollari e che Archie aveva fegato da vendere, la descrizione più adatta a Frosty è questa: è semplicemente il cane più amichevole e più detestabile che abbiamo avuto finora. Il lato positivo è che ama tutti, e si aspetta che tutti lo amino. *Perché non dovreste?* sembra chiedere. *Voglio dire, guardatemi!* (Se soltanto sapesse che non è solo il più birbante, ma anche il meno fotogenico tra i cani che abbiamo avuto...)

E poi, naturalmente, ci sono i suoi altri talenti mercuriali.

Dio, se sa come provocarmi.

Anche oggi, appena alzato, per qualche motivo mi sono attardato un po' vicino al cassetto dei cani, che contiene i guinzagli, i sacchetti e le palline da tennis, e a un certo punto ho detto: «Ehi, mi hai appena morsicato il sedere?» Mika ha riso, come sempre. Abbiamo riso tutti e due. Perché Frost è pazzia, ed è gioia.

«Buona fortuna per la passeggiata» mi ha augurato, come sempre, perché c'è sempre la possibilità che io ne abbia bisogno. Potrebbero succedere tante di quelle cose, là fuori. Riusciamo sempre a reiterare qualche reato.

...Quindi, cosa accadde a luglio 2021, quando ci rimettemmo in gioco e inoltrammo la nostra richiesta al sito della Sydney Dogs and Cats Home, nota anche come rifugio o casa famiglia? Si riduce sempre tutto al destino, perché tante cose sarebbero potute andare storte. Innanzitutto, qualcuno ci aveva preceduto di poco: interessato a prenderlo, aveva desistito dopo un primo incontro fallimentare. (E in qualche modo la cosa non mi sorprese.) Secondo, ci informarono diligentemente che Frosty era già stato riportato alla struttura *due volte*, ma ci spiegarono anche che era un cane fantastico, davvero! Terzo, poiché eravamo in lockdown, ce lo portarono a casa loro. Avremmo dovuto conoscerlo al parco, inizialmente, ma poi quelli del rifugio preferirono di no, e all'incontro capimmo perché. Kitty e Noah se ne innamorarono all'istante, mentre percorrevamo il sentiero secondario diretti alla strada per poi proseguire con un giro dell'isolato. Si innamorarono subito delle sue chiazze marroni sul dorso, delle macchioline sulle orecchie. Gli accarezzammo il pelo ispido. Testa e orecchie, però, erano talmente morbide...

Andò tutto bene quando la donna che ce lo aveva portato durante la passeggiata gli diede da mangiare del pollo cotto, in modo che la fame non lo distraesse. Chiaramente fu assalita dal nervosismo dopo aver avvistato un altro cane a poca distanza, ma al contrario di lei – e meno male! – Frosty neanche lo notò.

Ma i veri fuochi d'artificio cominciarono quando arrivammo a casa. Per pura coincidenza, i nostri vicini, Phil e Ann Maree, stavano portando fuori i loro tre cani e... come faccio a dirlo in maniera morbida? Frosty impazzì, lì, in mezzo alla strada. Saltò, abbaiò, agitò le zampe, morsicò, digrignò i denti, si lanciò, richiuse le mascelle: l'intero repertorio. Noi umani fummo colti di sorpresa, e ci furono urla e grida e mormorii: «Gesù!» e «Merda!» e «Va tutto bene, lo tengo... no, non è vero!» Sembrò durare diversi minuti e, alla fine, la donna del rifugio che, poverina, lo teneva al guinzaglio, crollò. Avevamo già deciso di prenderlo, a quel punto, ma lei si voltò a guardarci, vergognosa e timida sotto la luce del sole.

«Quindi...» esordì. «Lo volete ancora?»

Gli occhi di tutti erano su di me.

Sapevano che il lavoro sarebbe spettato a me, che sarei stato io ad addestrarlo. Che sarei stato io a prendermi la colpa quando ci fosse stata anarchia, per strada, come quel giorno.

Studiai brevemente la mia famiglia, che sapevo avrebbe in qualche modo digerito anche un mio verdetto negativo. Ma non esisteva che potessi respingerlo. Di nuovo, quella convinzione ostinata. Di nuovo, quel cuore che sanguinava: chi, se non noi? Voglio dire, chi altri avrebbe mai potuto prendersi Frosty, dopo una performance come quella? Non sono così matto da credere che fossimo gli unici, ma sono certo che di gente disposta ad assumersi il fardello non ce ne sarebbe stata poi molta. Il lavoro sembrava impegnativo, ma non potevo rispedirlo indietro. Se c'è una cosa che posso dire di me, Mika e dei nostri figli è che sarebbe stato quasi impossibile, per noi, rinunciare a un cane. Anche solo dopo due minuti. Credo che le prove parlino da sole.

Quando comunicai a Renee, la donna con il guinzaglio, che eravamo ancora decisi a prenderlo, quasi si accasciò da un lato.

«Sul serio?» chiese. «Voglio dire...» Si schiarì la gola. «*Davvero?*»

«Possiamo appianare certe cosucce» la rassicurai, come meglio potei, sapendo che sarebbe stato difficile, ovviamente, ma non immaginando quanto. Avete visto quel che è successo nel prologo, no? La conoscete la prima riga di questo libro.

E così, per andare a concludere proprio quella storia, be', ammetto di aver litigato con Frost per strada. E di averlo fatto almeno tre volte, per ora, e sono state notevoli.

A complicare quanto appena detto, sono certo che, in occasione della seconda lite, quando Frosty mi assalì di nuovo alle ginocchia, fosse lì ad assistere una giovane coppia che aveva già avuto occasione di presenziare al nostro primo round, e che per tutto il tempo mi lanciò occhiate furtive. Sono sicuro che per tutto il tempo abbiano bisbigliato cose del tipo: «Non è che lo dobbiamo denunciare? Secondo me lo sta torturando, quell'animale...» Ricordo che avevano un Pastore australiano di razza pura. Ma presto avremmo avuto la soddisfazione che un duro lavoro meritava di ottenere.

Un pomeriggio, all'incirca una settimana dopo, eravamo in York Road, vicino al Campo di Reuben e, quando vide un altro cane, Frosty mirò di nuovo alle mie ginocchia, ma poi si fermò. Di colpo si sedette, alzò gli occhi verso di me e io lo riempii di carezze e lo abbracciai. «Bravo cucciolo, ce l'hai fatta. Ce l'hai fatta!»

Se sarebbe o meno arrivato a quel punto anche senza le nostre litigate è in fondo un'inutile speculazione. Il fatto è che ci faceva impazzire, e la cosa doveva finire. Avevamo un cane con cui dovevamo mostrarci fermi, e il compito era toccato a me, com'era naturale che fosse.

Quindi, per certi versi, è probabile che Paul avesse ragione.

Ora Frosty non tira più in modo incontrollabile, come prima, non attacca la persona che lo sta portando a spasso. Non mi avvinghia più intorno ai cartelli per strada. Cammina serenamente accanto a me, il guinzaglio molle tra noi due.

Si eccita facilmente? Assolutamente.

È dannatamente monello? All'occasione.

Crede di potersi permettere qualsiasi cosa? Non ne avete neanche idea.

Ha istinti da cacciatore? Palpabili.

Ma bisogna godersi ogni vittoria.

Frosty ascolta, si sforza, davvero. I comportamenti negativi sono scesi dal cento per cento al cinque, e poi all'uno. Quando le persone vengono a farci visita, trovano un amico per la vita. Si getta a terra per farsi accarezzare, e poi ride e geme di felicità. (Il soprannome più recente, Frozmoan, deriva da Frozmonian, che suona un po' come una parodia dei musei Smithsonian, ma ha anche al suo interno la parola *moan*, lamento. Reuben era un narratore capace, ma non aveva affatto la capacità oratoria di Frosty. Un chiacchierone, posso solo definirlo così.)

Poi, come attrazione secondaria, di solito si siede sulle gambe dei ragazzi con le zampe posteriori allungate e quelle anteriori sollevate: il più grosso cane da grembo del mondo. Gli spettatori lo chiamano Frozzle, o Frozman, lo baciano sul muso, dove ha questi ciuffi di pelo che penzolano ispidi. Quando si comporta male, lo minacciamo spesso: «Fallo ancora e ti tagliamo i ciuffi!» Una volta, mentre discutevamo del fatto che non dovessimo farci comandare a bacchetta da lui, Kitty osservò: «Sì, siamo noi quelli più in alto nella catena alimentare, se volessimo, ce lo potremmo perfino mangiare... guardate, quelle mascelle sembrano belle carnose».

Troppo, dite?

No.

Be', non a casa nostra, comunque, dove Noah prende sempre le sue difese. Proteggerebbe quel cane con la sua stessa vita. «Nessuno si mangia il Froz!» dice in genere, o magari usa un altro dei suoi soprannomi. Questo dimostra che le famiglie hanno un loro linguaggio, e che gli animali sono parte del vocabolario.

Oggi, abbiamo un cane di quasi quattro anni, che ha un'anima selvaggiamente spettacolare. Ha un muso che può essere bellissimo ma spesso non lo è, basta guardare come viene in foto. (Gli scatti migliori sono quelli in cui vola sulla spiaggia, con tutte e quattro le zampe staccate da terra.)

Ho accennato al fatto che ogni nuovo cane sembri un impostore, all'inizio, perché prende la forma di quelli che vivono ormai solo nei nostri ricordi. Ma c'è di più, lo so. Spesso dico che scrivo ogni libro per espiare gli errori del precedente, e mi domando se valga anche per questa situazione. Mi sento così, nei confronti di Frosty? Sto espiando con lui gli errori commessi con Reuben e Archer? Sto rimediando a tutto quello che ho sbagliato in passato?

Mi piacerebbe rispondere che è così, ma la verità è che, qualunque sarà l'argomento del prossimo libro, la maggior parte del tempo la passerò a tener duro, facendomi venire le nocche bianche per lo sforzo di mantenere tutto il controllo di cui sono capace. Inoltre, i paragoni non servono a nulla. Però mi piace il fatto che Frosty mi aiuti ad avere sempre vicini Reuben e Archer. Per quanto indimenticabili, è più facile ricordarli grazie al nostro The Frost che, impavido, ci fa sempre pensare a loro.

Ma naturalmente Frosty è anche semplicemente Frosty. Un giorno sarà anche lui un cane di cui altri dovranno dimostrarsi all'altezza. Sarà quello che ci mancherà come un braccio, o una gamba. Sarà quello che vorremo ancora vicino, anche se solo nello spirito, e quindi cosa possiamo fare, adesso, se non amarlo in tutta la sua gioia e la sua furia? (E dire parolacce, ovviamente.)

La prossima volta saremo più svegli, ovvio. Ci assicureremo di non trovarci un combinaguai, un cacciatore, un artista della fuga, uno che lotta fino alla morte se viene stuzzicato...

Ma chi sto prendendo in giro?

I libri cominciano laddove finiscono.

Forse alla fine è davvero tutto circolare, perché, se c'è una cosa che ho imparato su di me, è che non imparo mai. Questo, e il fatto che non esiste nulla che sia paragonabile a un cane. Un cane che è il tuo legame con il passato e la tua vita sfrenata nel presente, e ogni tanto vale la pena di ripeterlo. È il loro respiro, il loro pelo, la puzza, gli occhi, è il modo in cui ti si strofinano addosso. Il modo in cui ti fanno capire che lo sanno bene, e te lo dicono.

Sono tuo.

Sono le loro geometrie disperate: l'angolazione di gambe e orecchie, i bozzi, le sporgenze nodose, il modo in cui sanno sempre cosa ascoltare. Il loro corpo – e, più ancora, il loro spirito – sente molte cose, ma, in sostanza, ascolta solo te. E questo spesso compensa tutto il resto. Morti, aggressioni, danni insabbiati. Solo uno stupido ci ricascherebbe, di fronte a storie che diventano tragedie alla velocità della luce come quelle che vi ho raccontato. Come ho già detto, il rimpianto c'è, ma non vorrei davvero cambiare le cose... Okay, sì, alcune sì.

Ma non se questo significasse non averli, o non averli mai avuti.

The Frost sta dormendo di fianco a me, mentre scrivo queste ultime righe. Fedele a sé stesso, sta russando, è una tempesta di neve a quattro zampe. (Che cosa posso dire, ha una vita spericolata e il sonno pesante.)

Lo schermo del mio computer è diviso a metà: a sinistra c'è la parte in cui scrivo, a destra c'è Archie, seduto sulla spiaggia come un vero gentiluomo, con un orecchio che punta verso l'orizzonte. È dura dire addio. In tanti testi autobiografici si legge la stessa osservazione, e cioè che scrivere del passato ci fa sentire molto di più la mancanza di chi se n'è andato. Reuben e Archer mancano ogni giorno. Come mancano Brutie e persino Bijoux, il gatto che si atteggiava a guerriero.

(Adesso Frosty sta sognando, è immobile ma corre e parla nel sonno.)

Se doveste trovarvi in questo quartiere, e doveste vedere un tizio che porta a spasso un cane con il pelo ispido e gli occhi enormi, sentitevi liberi di salutarci. Probabilmente non riconoscerete me, ma capirete chi sono grazie a lui. Sappiate inoltre che magari sembreremo calmi, come se avessimo il controllo totale della situazione. Ma sappiate anche che può finire tutto in un attimo.

E potete scommetterci che è di questo che scriverò: di una struttura in bilico su follia e caos, di un meraviglioso mix di rancore e affetto. Se è vero che, quando moriamo, vediamo la nostra vita passarci come un lampo davanti agli occhi, sono sicuro che in quel lampo io vedrò i miei cani. E se mi stessero aspettando dall'altra parte? So che non sarà in paradiso, ma in un posto un po' più a destra o un po' più a sinistra – un purgatorio di amore e confusione – e, in tutta onestà, non mi lamenterò. Mi accovaccerò e chiuderò gli occhi, e inspirerò il loro odore.

Mentre stringerò i loro colli pelosi.

Ringraziamenti

Ringrazio Mika Zusak: la migliore.

Kitty e Noah Zusak: quasi al livello della mamma. (Scherzo: pari merito.) Grazie di aver fatto in modo che questo libro vedesse la luce. So che non amate affatto stare al centro dell'attenzione, ma accettate almeno questo: la mia enorme gratitudine.

Un grazie speciale ad Halina Drwecka.

E ringrazio Catherine Drayton, Fiona Inglis, Ingrid Ohlsson, Tracey Cheetham, Karen Rinaldi: incrollabili. Non sarete mai dimenticati.

Brianne Collins: penso che l'unico motivo per cui scrivo libri è perché poi sia tu a curarli. Gioia pura (e punti e virgole). Grazie in particolar modo per aver chiuso un occhio davanti alle tante e deliberate malefatte, non ultima il voler mettere in maiuscolo le razze di cani.

Grace Carter: grazie davvero per l'aiuto con le foto, e per qualche altra chicca.

Cate Paterson ed Erin Clarke: i nostri libri significano moltissimo per me, ma la vostra amicizia è più importante ancora.

Lindi Greenfield: quando si parla di generosità. Tutto quello che ho scritto qui è vero. Sei davvero la persona più carina sul pianeta Terra.

Paul Hansen (con Megan e Phil): grazie per aver appoggiato l'idea di un libro sui nostri tre cani, soprattutto dopo aver sopportato lo sguardo di Reuben della serie *Potrei dilaniarti in un secondo senza battere ciglio*. È stata un'avventura.

Andy Greenfield, per il sostegno e le rassicurazioni costanti... e per le tue battute, naturalmente. Grazie.

Melanie Kembrey: l'idea per un articolo si è trasformata nell'idea per un libro. Grazie della comprensione.

Wesley Lonergan: un enorme grazie per le foto di Bijoux.

E alle persone che seguono voglio dire questo: non sottovalutate mai quello che siete per me, e l'aiuto che mi date per realizzare tutte queste sciocchezze. Praveen Naidoo, Katie Crawford, Judith Haut, Joan De Mayo, Nancy Siscoe, Noreen Herits, Kathy Dunn, Charlotte Ree, Andy, TW, TJW, JB, Raff, Gus, Clay, Scott M, Jane Turner, Green e, come sempre, Camilla Block.

Naturalmente, il mio grazie va anche ad alcune persone del parco: a voi, Kate McDonald e David Staehli, e a quei furfanti memorabili dei vostri cani.

Ai padroni di Cavoodle di tutto il mondo: scusatemi. Sinceramente. (Vi voglio bene, sul serio.)

E poi, ultimi e primi: i miei ragazzi. Reub, Arch, the Frost. Che cosa posso dire? L'amore al tempo del caos. Mi avete dato un libro, e mai lo avrei immaginato. Sono certo che sarete al centro di quella luce.

Infine, naturalmente, la scrittura non è nulla senza lettori. Grazie a tutti voi, che tenete alto l'onore della lettura. È importante; è il mondo, per noi.

mz

Finito di stampare nel mese di gennaio 2025
su carta holmen
con fibra vergine proveniente da foreste sostenibili holmen.com/paper
presso Grafica Veneta S.p.A.
Via Malcanton, 2 – Trebaseleghe (PD)
Printed in Italy

Finito di stampare nel mese di gennaio 2025
su carta holmen
con fibra vergine proveniente da foreste sostenibili holmen.com/paper
presso Grafica Veneta S.p.A.
Via Malcanton, 2 – Trebaseleghe (PD)
Printed in Italy

Finito di stampare nel mese di gennaio 2025
su carta holmen
con fibra vergine proveniente da foreste sostenibili holmen.com/paper
presso Grafica Veneta S.p.A.
Via Malcanton, 2 – Trebaseleghe (PD)
Printed in Italy

Certificato PEFC
Questo prodotto è realizzato con materia prima da foreste gestite in maniera sostenibile e da fonti controllate
PEFC/18-31-226
www.pefc.it

GRAFICA VENETA
GV CARBON NEUTRAL

Questo libro è fabbricato da Grafica Veneta S.p.A.
con un processo di stampa e rilegatura certificato 100% carbon neutral
in accordo con PAS 2060 BSI